16	3	2	13
5	10	11	8
9	6	7	12
4	15	14	1

Rita Carelli

TERRAPRETA

Romance

editora■34

EDITORA 34

Editora 34 Ltda.
Rua Hungria, 592 Jardim Europa CEP 01455-000
São Paulo - SP Brasil Tel/Fax (11) 3811-6777 www.editora34.com.br

Copyright © Editora 34 Ltda., 2021
Terrapreta © Rita Carelli, 2021

A FOTOCÓPIA DE QUALQUER FOLHA DESTE LIVRO É ILEGAL E CONFIGURA UMA APROPRIAÇÃO INDEVIDA DOS DIREITOS INTELECTUAIS E PATRIMONIAIS DO AUTOR.

Projeto realizado com o apoio da
Secretaria de Cultura e Economia Criativa
do Governo do Estado de São Paulo
por meio do Programa de Ação Cultural - 2019

Imagem da capa:
Ilustração de Andrés Sandoval, 2020

Capa, projeto gráfico e editoração eletrônica:
Franciosi & Malta Produção Gráfica

Revisão:
*Alberto Martins, Fabrício Corsaletti,
Beatriz de Freitas Moreira*

1ª Edição - 2021 (1 Reimpressão), 2ª Edição - 2023

CIP - Brasil. Catalogação-na-Fonte
(Sindicato Nacional dos Editores de Livros, RJ, Brasil)

C595t
Carelli, Rita
  Terrapreta / Rita Carelli. — São Paulo:
Editora 34, 2023 (2ª Edição).
240 p.

ISBN 978-65-5525-071-8

1. Literatura brasileira. I. Título.

CDD - 869.3B

TERRAPRETA

I. Tempestade 9
II. Sob a terra 85
III. Novos ventos 171

Nota 236
Agradecimentos 237

Sobre a autora 239

"Os afetos atravessam o corpo como flechas, são armas de guerra."

Gilles Deleuze e Félix Guattari

I

TEMPESTADE

"Perder-se também é caminho."

Clarice Lispector

Em órbita

Na mata todas as referências se perdem, tudo o que você pode ter aprendido na vida urbana torna-se inútil e, uma vez perdida, mais cedo ou mais tarde vai acabar se dando conta de que está andando em círculos. Parece conversa, uma história tantas vezes repetida que acabamos encarando como uma velha lenda, mas é real, alguma coisa acontece com nossos sentidos, nosso senso de orientação. Uns dizem que por termos uma perna mais forte que a outra damos passos ligeiramente maiores com esta. O certo é que, por mais que juremos que estamos avançando em linha reta, acabamos fazendo uma lenta e larga curva até voltarmos ao ponto de partida. Ao passar mais de uma vez pelo mesmo lugar é possível reconhecer a forma de um galho, um ninho, uma casa de abelhas, ou simplesmente ser acometida de uma sensação familiar. Então tenta-se zerar tudo e recomeçar. Certo, eu já passei por aqui, devo estar andando em círculos, mas agora vou me concentrar e traçar uma linha reta pra lá. É inútil: vai acabar voltando pro ponto de onde partiu. É um mistério, mas é assim que acontece, e aí o desespero é capaz de tomar conta de você. E o desespero é uma merda. Bloqueia qualquer raciocínio lógico, acelera os batimentos cardíacos, faz você consumir depressa a energia preciosa pra resistir aos tempos de vacas magras que virão. Aliás, tempos de vacas nenhumas. E se não estiver armada, não tiver faca nem fogo, aí sim, está fodida. Quem sabe você dê sorte e um indígena acabe te encontrando. E te salve. Se te restar alguma força e os mosquitos ou a cabeça te impedirem de permanecer no mesmo lugar e você quiser dar uma forcinha pra sorte, não esqueça: vá dobrando os caules das plantas pra trás, as faces das folhas, quando bate luz, produzem reflexos prateados que formam uma trilha cintilante na mata. Pra quem sabe ler.

Mas se algum dia você se encontrar numa situação dessas não se culpe, pode acontecer até mesmo com um indígena, com uma criança, por exemplo. Como daquela vez em que Maru entrou na mata sozinho, não se sabe por que cargas d'água, já que menino só é coisa que não se vê em aldeia, passam o dia em bandos, os maiores a cuidarem dos menores, longe dos olhares dos adultos, em turmas munidas de facas e facões, mas à noite é hora de voltar pra casa, pra perto do fogo, pro abrigo familiar. Acontece que a noite chegou e Maru não apareceu. Ninguém sabia dele, ninguém o tinha visto. Foi dado o alerta geral. O pai e a mãe do menino esperaram, aflitos, que ele voltasse com o sol, mas não voltou. Então saíram à sua procura: nenhum vestígio nas roças, nos rios, nos pequizais, na lagoa, na mata, na pista de pouso, nos buritizais, sobre a colina. Ao cabo de três ou quatro dias todos foram voltando aos seus afazeres cotidianos: à roça do sogro que era preciso plantar, à mulher que ia parir, à casa que era preciso reparar. Menos a mãe de Maru: essa procurava o dia inteiro todos os dias e chorava todas as noites a noite toda. Depois de uma semana sem dormir e caminhando enquanto tinha luz, tinha perdido os cílios de tanto chorar e as unhas dos pés de tanto caminhar. Seu pai também o buscava pelos caminhos perigosos onde apenas pajés e espíritos transitam. No oitavo dia, o menino apareceu. Era um fiapo de gente, só pele e osso, mas estava vivo. Tinha criado o hábito de se pendurar nas árvores para dormir e, com isso, se não tinha o que comer, ao menos escapava de virar comida. Todos comemoraram seu regresso e acabaram se esquecendo de perguntar por que tinha partido, ele estava de volta, não importava mais. O que lhe restou desse tempo foi uma cicatriz no supercílio esquerdo e a capacidade de observar sem ser visto.

Assim, quando Ana apareceu na aldeia, aquela menina magra e pálida, Maru pensou que deveria ficar de olho nela: podia se meter em encrencas. Mas havia algo mais, ela era ao mesmo tempo um pássaro desorientado que precisava de cuidados e uma espécie de fantasma, uma emissária de outro mundo, capaz de desequilibrar a ordem das coisas — ela, assim como ele, carregava a sombra da morte.

Raios e trovões

Se, um mês atrás, tivessem dito à Ana que logo ela estaria vivendo numa aldeia indígena, em plena floresta amazônica, não teria acreditado. Se tivessem lhe dito o quanto sua vida mudaria em tão pouco tempo, que ela estaria, na primeira semana de aulas do semestre, com seu pai, que não via há quase um ano, a 1.500 quilômetros de casa, teria rido em alto e bom som. A chuva acabara de cessar. O cheiro de terra batida, encharcada, era intenso, um calor úmido se desprendia do chão e subia por suas pernas finas, trêmulas do esforço. O cabelo molhado estava grudado ao pescoço e gotas geladas de chuva escorriam pelas costas. Estava ensopada. Tinha os olhos arregalados e parecia ainda mais pálida do que de costume, a pele contrastando com os lábios arroxeados. As mãos seguravam com força a bicicleta e, na garupa, uma pilha de roupas recém-lavadas e torcidas, todas salpicadas de lama. O trabalho fora em vão, seria preciso voltar ao rio e lavar novamente as peças, mas agora tudo o que queria era chegar em casa e se secar junto ao fogo. Mal aguentava dar um passo, quanto mais refazer o trajeto pela pista de pouso de terra que garantia a chegada dos pequenos aviões em pleno Parque Indígena do Xingu.

Ana respirou fundo e olhou em volta. Viu a borda da mata que começava à esquerda da pista, os pés de buriti que circundavam a lagoa dos jacarés à direita e as grandes casas de palha que compunham o círculo perfeito da aldeia. Foi ali que ela notou que o estrago não se limitara às árvores desabando na mata: a chuva e o vento tinham sido tão violentos que uma parte das casas tivera seus telhados arruinados. Era uma visão bem pouco reconfortante para quem ansiava por refúgio depois da batalha que acabara de travar. Maru, que estava a seu lado, tocou-lhe o braço. O menino tinha sido um companheiro fiel nas emoções daquela tarde — que ainda estava longe de terminar.

A chuva os surpreendera no rio. Outras pessoas tinham ido se banhar ali, naquela curva mais estreita do igarapé, lavar o corpo do calor do dia, mas Ana tinha ficado por último por conta da grande pilha de roupas que tinha deixado acumular. Adiara a tarefa durante toda a semana e agora era preciso encará-la ou não teria mais nada limpo para vestir, pensou, lembrando com nostalgia da máquina de lavar roupas do sobrado em São Paulo. Pouco a pouco todos saíram da água e partiram. Menos Maru. É bem verdade que a luz tinha mudado de maneira sinistra, mas Ana se obstinara em concluir a tarefa. Enquanto esperava a lavação de roupas desajeitada dela, que sempre deixava escapar o sabão, Maru mergulhava pra recuperá-lo no fundo do igarapé ou se distraía apanhando peixinhos que tornava a soltar na corrente do rio. Devia ter uns oito ou nove anos de idade, era difícil saber. Era miúdo, mas seu corpo, muito moreno, já tinha músculos bem desenhados, como os de um homenzinho em miniatura. Tinha os olhos inteligentes, repuxados dos lados, os cabelos negros e lisos cortados em forma de cuia.

Um vento gelado soprou enquanto Ana torcia a última regata, satisfeita. Um relâmpago cortou o céu feito a lâmina de um facão. Olharam para cima, as copas das árvores se agitavam, nervosas. Concordaram em silêncio que já era hora de cair fora dali. Enquanto Ana amarrava às pressas a trouxa de roupas na garupa, um estrondo ecoou na mata:

uma grande árvore acabara de tombar arrastando outras consigo e pássaros partiram em algazarra. Ana pensou que o melhor seria evitar a trilha na floresta e voltar pelo caminho mais longo: a pista de pouso. Pelo menos evitariam que uma árvore desabasse sobre suas cabeças, embora não tivesse muita certeza de qual a melhor escolha em relação aos raios. Já tinha lido a respeito, mas não conseguia chegar a uma conclusão; sabia, por exemplo, que não era bom estar dentro d'água, que poderia conduzir a eletricidade, nem debaixo de uma árvore grande, que corria o risco de atrair o raio, mas o descampado da pista também não parecia ideal. Lembrava de que o melhor era ficar abaixada ou entrar num carro, assim a carcaça de metal conduziria a eletricidade ao redor e não através do corpo, mas um carro ali estava fora de questão e ficar agachada no chão, no meio do nada, em plena tempestade de raios, até poderia funcionar na teoria, mas não era nada tentador.

As gotas de chuva começaram a cair e eram as maiores que Ana já vira, doíam na pele, feito tapas. Toda a natureza ali era excessiva. Acabou se decidindo pela pista e percebeu que sua teimosia, além de deixá-los desabrigados durante a tempestade, tinha sido inútil: as enormes gotas de chuva se esborrachavam no chão salpicando de lama as roupas recém-lavadas, mas o pior nem era isso, enquanto sentiam os relâmpagos partindo o céu a machadadas sobre suas cabeças, o vento soprava tão intensamente que os impedia de avançar: quanto mais Ana tentava girar os pedais, mais forte a sensação de que era arrastada pra trás. Estavam bloqueados, em meio à fúria do vento, longe da aldeia e de qualquer ajuda.

Maru desceu de sua bicicleta e a estendeu a Ana. Ela usava uma de carga, de ferro fundido, adorada no Xingu por permitir levar coisas na frente e atrás, mas muito pesada. Maru a encarava enquanto Ana compreendia, encabulada, que o menino lhe propunha uma troca com sua velha Monark. E tinha pensado que o menino estava tão encrencado quanto ela quando estava apenas sendo solidário em não abandoná-la pelo caminho! Os dois finalmente começaram a avançar. Pedalavam em silêncio, os corpos curvados pra frente pra diminuir a resistência do ar, sentindo os golpes da chuva no lombo e o zumbido nos ouvidos. Quando enfim avistaram a grande clareira da aldeia, Maru parou e estendeu de volta a bicicleta de Ana, sem uma palavra. A chuva já amainava. Fora uma tempestade breve, mas violenta: enquanto recobravam o fôlego, admiravam o pátio da aldeia semidestruída.

Alguns homens já subiam nos telhados das casas que pareciam enormes bocas desdentadas. Outros se aproximavam, arrastando folhas novas de sapé pra reparar os estragos. Riam, falavam alto, e o jovem Yakaru, atlético e bem-disposto, acenou de cima da grande maloca de seu pai. Ana acenou de volta fazendo força pra conter a tremedeira e esboçou um sorriso. Era incrível a capacidade deles de se divertirem nas mais adversas situações. Curiosamente, apenas metade da aldeia tinha os telhados destruídos. A casa em que dormia, um pouco à margem do círculo da aldeia e que funcionava como uma espécie de casa de hóspedes, se encontrava intacta, mas a casa do chefe e sua família, logo ao lado, estava bastante ruim.

Um pensamento a atingiu: "Kassuri!". Seu canto da casa estava totalmente arruinado. Kassuri era filha do chefe e estava em reclusão desde setembro do ano anterior por conta da primeira menstruação. Era ali, debaixo daquele pedaço de teto agora faltante, em poucos metros quadrados de terra batida, que ela passara quase o último ano completo, até aquele dia. Era ali, atrás daquela casa, agora parcialmente destruída, através de um pequeno furo na parede de palha, que Ana visitava Kassuri secretamente todas as tardes daquela inusitada temporada.

Um planeta chamado São Paulo

Um mês antes da tempestade Ana acordou sonolenta e atrasada. Pulou da cama: o relógio marcava 6:55. Devia ter voltado a cochilar depois que o despertador tocou, às 6:15. Quem mandou dormir tão tarde? Juntou os cadernos da escola sobre a escrivaninha, e na pressa — ai! — o livro de matemática caiu lhe acertando de quina o pé. Enfiou-se numa calça jeans surrada, trocou a camisola (um camisetão que usava pra dormir) por uma camiseta branca sem passar, jogou água no rosto e escovou os dentes em tempo recorde: 7:06. De qualquer forma seria impossível chegar à escola andando, como fazia de costume, antes do fechamento dos portões. Além disso, o pé esmagado pelo livro doía. Droga, decidiu acordar a mãe, era o único jeito de não perder a aula dupla de história, a primeira da quarta-feira e uma das melhores da semana. Atravessou o corredor finalmente sem caixas, tinham se mudado havia quatro meses para o pequeno sobrado com quintal ao fundo, e bateu na porta. Nenhuma resposta. Esperou alguns segundos e, impaciente, girou a maçaneta. A porta estalou numa queixa ruidosa. O quarto estava mergulhado na penumbra: ali ainda era noite, o corpo da mãe em desordem, estendido sob as cobertas adormecidas, nada se movia.

— Mãe? — chamou quase num sussurro.

A mãe era, na maior parte do tempo, uma mulher ani-

mada, mas acordar cedo não estava entre as coisas que preferia nesse mundo. Agora que Ana estava mais velha e ia para a escola sozinha, era um prazer impagável poder dormir até as oito sem aborrecimentos.
— Pode me levar?
A mulher gemeu, se virou de lado e abriu os olhos. Tinha uma boca larga, seios fartos, os cabelos cacheados e tingidos de vermelho eternamente revoltos, olhos grandes, normalmente muito vivos, agora embaçados pelo sono.
— O que houve?
— Eu me atrasei, desculpe.
— Tá... Deixa eu jogar uma água no corpo.
Ana passou o café como parca compensação e se serviu de uma tigela de cereal enquanto a voz da mãe inundava a casa: cantava no chuveiro. Ana tinha vontade de se enrodilhar naquele canto quente e não sofrer nunca; a voz dela era poderosa como sua presença, um rio caudaloso, uma promessa de felicidade num mundo vasto e claro. Quando entrava em alguma parte, todos os olhos se voltavam para ela, todos os ouvidos, todas as bocas; era como se uma luz, de súbito, irradiasse o lugar, transbordando daquela mulher que calhou de ser sua mãe. Ana não era nem um pouco assim. Às vezes sonhava em ser invisível. Poder atravessar paredes também seria ótimo, e apagar a luz do quarto sem ter que se levantar da cama, mas isso era o de menos. Gostava do silêncio, preferia os livros às pessoas. Ou os bichos.

A porta do banheiro se abriu, a mãe entrou na cozinha e se serviu de uma xícara de café forte. As cachorras invadiram a cozinha, cheias de rabos e focinhos úmidos, lançando-se aos seus pés, em busca de afago. A mãe fez-lhes festa, bebeu o líquido amargo:
— Vamos?
Apalpou o braço esquerdo com incômodo e girou a chave na ignição. Abriram as janelas do carro, e, com o vento,

uma breve felicidade bateu-lhes na cara: por estarem ali, juntas, por haver sol, pela casa nova com jardim e cachorras, pelo pé de pitanga que dava frutas muito azedas, fluorescentes. Pelas ruas semivazias, a velha e conhecida calma e que antecede os furacões: o ar soprando manso, tudo ordenado com ares de eternidade. Chegando no portão da escola, trocaram um beijo rápido e deixaram-se. Deixaram-se.

Buraco negro

Fazia poucos dias que Ana tinha chegado ao Xingu com o pai. Tudo era incrivelmente novo. Claro, ela sabia que existiam povos indígenas, e já tinha ouvido falar do Parque Indígena do Xingu, além de ter umas informações genéricas sobre os indígenas fazerem casas de palha, terem suas línguas próprias, usarem arco e flecha, dormirem em redes... Mas estar ali, em meio a indígenas de carne e osso, era algo inimaginável. A floresta que abraçava tudo, as lagoas rodeadas de buritizais que ficavam laranja ao entardecer, a cumeeira alta das grandes malocas, e, sobretudo, ver pessoas vivendo de um jeito tão diferente do seu e de todos os que ela conhecia, era um alívio, fazia o mundo parecer maior. Em São Paulo, era fácil pensar que tudo se resumia a carros e avenidas, escola, trabalho, lojas e ônibus lotados, gente dormindo nas ruas, farmácias e hospitais, e ali nada daquilo fazia sentido. Certo, os indígenas pareciam estar o tempo todo rindo dela e não entendia uma palavra do que diziam nem tinha ideia de como devia se comportar, mas isso não a incomodava. O riso divertido deles não era o riso maldoso dos colegas de escola, ali parecia que rir de tudo era um esporte generalizado e Ana se sentia surpreendentemente livre em seu "não lugar". Era difícil admitir agora, já que fizera a viagem contrariada, mas a verdade é que ela se sentia bem ali, ou o mais próximo que poderia estar disso dadas as circunstâncias. A vida parecia tão irreal depois da morte da mãe que aquela mudança de cenário correspondia perfeitamente a seu estado interior de caos. Chutou um pequi atrás da casa. Era como se estivesse num sonho onde qualquer coisa podia acontecer.

— Psiu!

Virou-se, mas não viu ninguém. Não devia ser com ela, de todo jeito, quem a chamaria? Continuou andando, perdida em pensamentos.

— Psiu!

Parou e olhou com atenção à sua volta. A casa em que estavam hospedados, menor, fazia ângulo com os fundos da grande casa do chefe Kamaka. Olhando melhor Ana percebeu, na parede de palha da casa do chefe, um pequeno buraco e oito dedos brancos que saíam dele, feito minhocas da terra. Deu um passo naquela direção, mas os dedos desapareceram. Se aproximou intrigada e curvou o corpo para olhar pela fenda. Em geral, o interior das casas tradicionais indígenas é bastante sombreado pela falta de janelas, mas as portas baixas, laterais, uma de cada lado, garantem uma certa claridade em seu interior, mas ali era bem escuro, como se tivessem bloqueado a luz de propósito. Aos poucos seus olhos começaram a se habituar à penumbra e Ana pôde vislumbrar uma jovem sentada sobre os calcanhares, as mãos pousadas sobre os joelhos de bronze.

Chegou mais perto. De fato, havia esteiras tapando a luz, formando um pequeno quarto apartado da oca. No chão uma cuia cheia de miçangas e um rolo de fio de nylon sobre uma esteira. Ana olhou pra jovem, mas seus cabelos lhe cobriam o rosto. Entre duas mechas dos longos fios negros, entreviu o brilho de um dos olhos. Se apoiou na abertura e a moça agarrou sua mão puxando pra dentro. No susto, com a brusquidão do movimento, Ana se desequilibrou e levou um tapa do dia. Meio cega pelo sol, gastou alguns segundos pra perceber que sua mão já estava livre. Foi tirando o braço do buraco estreito, mas ele vinha transformado: em seu pulso um bracelete de miçangas coloridas. Tocou a pulseira e voltou a espiar lá dentro, mas a parede de palha atrás da moça começou a se mexer e Ana tratou de sumir dali.

Correu por alguns minutos até parar num platô de vegetação aberta, rasteira. Nem sequer sabia por que correra, mas tinha a impressão de que acabara de ter um encontro secreto e definitivo. Nas retinas, a imagem da menina reclusa se fixava: o corpo delgado, a pele muito lisa bebendo o filete de luz que penetrava pelo buraco na palha. Era linda e o mistério daquele isolamento aumentava o fascínio que provocava. Apertou o bracelete contra o pulso enquanto recuperava o fôlego dando-se conta de que ainda não tinha estado ali: à sua volta, pequenas florezinhas do cerrado, selvagens, cresciam em abundância. Eram flores estranhas, agrestes, de pétalas eriçadas, roxo-azuladas — vegetação de um outro planeta. Cortou o caule de uma flor com seu canivete e voltou a descer a colina em direção à aldeia, sem notar que também era observada.

O mundo do avesso

Fora uma manhã estranha na vida de Ana, uma manhã comprida, que já durava dias. Os prédios e as casas pareciam cobertos por um véu, o asfalto das ruas afundava sob os pés, não havia vento, as árvores estavam imóveis como se fossem de cera, e havia qualquer coisa de irreal no fluxo dos carros, no caminhar das pessoas, como se tudo passasse em câmera lenta, ou talvez fosse ela que estivesse em outra rotação: naquele dia a vida de Ana virou do avesso. Acordou atrasada e sua mãe a levou para a escola: chegaram 7:29, um minuto antes do fechamento dos portões. Até ali parecia que a vida ia seguir seu curso. E ela ia, afinal, a vida sempre segue o seu curso, só não seria o que Ana teria imaginado. Por volta das oito e meia as coisas começaram a se complicar. A professora de história pediu grupos de cinco e Ana arrastava a cadeira com o pé dolorido quando a orientadora entrou na sala de aula e chamou seu nome. Os colegas soltaram risinhos de chacota, que pairaram no ar antes de encontrarem a expressão de ferro da orientadora parada na porta e se desfazerem, sem graça, no ar amarelo da manhã:

— Ana, pegue suas coisas, vamos à diretoria.

Novas exclamações dos colegas, de surpresa, satisfação ou revolta: os sons da guerra cotidiana que é a vida escolar. Ana nunca gostara muito da escola, era uma garota tímida, o oposto da extravagância da mãe. Às vezes sentia certa vergonha da voz um pouco alta demais da mãe, da maneira espalhafatosa com que ria ou de sua mania de cantar em qualquer lugar, mas, em outras, tinha inveja do jeito desenvolto com que parecia encarar todas as situações da vida. Ana se ergueu, calada e instável, pensando o que é que poderia ter feito de errado. A mulher lhe agarrou o pulso e foi puxando pelos corredores da escola. O pé latejava e o punho gemia na altura onde as unhas longas da orientadora lhe espetavam, mas a situação tinha ar solene e deixou-se arrastar escada abaixo sem protestar.

A porta da sala da diretoria estava entreaberta. A diretora era uma mulher larga e sólida, de cabelos curtos, dedos grossos, em tudo austera, com exceção das maçãs do rosto, rosadas e lisas, e chorava. A diretora chorava? Pra completar o quadro, diante dela, afundado nas sombras, estava seu pai, aquele cara que tinha meio que sumido do mapa há quase um ano. Ana mal podia acreditar no que estava vendo. O pai era um tipo calado, magro, alto, com um nariz meio torto e as costas ligeiramente encurvadas, mas tinha cabelos bonitos, ondulados e já meio grisalhos. Seus olhos eram iguaizinhos aos dela, de cor indefinida entre o castanho e o verde, que mudavam com a luz. Naquela manhã os olhos do seu pai estavam mais melancólicos do que nunca. Ana não sabia muito de sua vida recente, o fato é que agora ele estava ali, no meio da aula de história.

A orientadora encostou a porta atrás de si e largou-se na cadeira. A diretora enxugou as lágrimas e o pai assoou o nariz, mas os três seguiam mudos, sem que ninguém ousasse quebrar o silêncio, como se ele conservasse em si a ordem das coisas, como se o segredo fosse um frasco que contivesse intactos os acontecimentos daquela manhã. Ana tentou alinhar as ideias: era evidente que o caso era sério. Fez um esforço compenetrado em busca da coisa mais grave que poderia ter lhe acontecido. Imaginou que suas cachorras tivessem morrido, envenenadas por algum novo vizinho maldoso, mas logo se sentiu ridícula: por pior que aquilo fosse não seria caso pra trazer o pai de volta e, muito menos, motivo para a diretora da escola chorar. Podia seguir imaginando muitas outras coisas terríveis, era boa nisso, mas não, decidiu que não queria saber. Dentro do silêncio ruidoso de suspiros e ranhos, Ana levantou-se, abriu a porta e saiu.

Lá fora a luz havia mudado, o dia murchara. Ela sabia, mesmo antes de saber, que a notícia que eles tinham pra lhe dar dividiria sua vida em antes e depois e não estava muito certa de querer aquilo. Concentrou todas as forças num canteirinho chocho, onde uma primavera raquítica se esforçava em brotar. O pai saiu da sala, tocou-lhe o ombro e disse com a voz que lhe restava:

— Vamos andando.
— Pra onde? — perguntou ela, de maneira automática.
— Pro hospital. Visitar a sua mãe.
— O que aconteceu?
— Ela... teve um enfarte.

Ana tentava concatenar as ideias. Costumava ter o raciocínio claro e rápido, mas naquele dia parecia que tinham amarrado um colchão em volta da sua cabeça, o tempo esticando feito chiclete.

— E ela... pode morrer?

— Não. Ela já morreu.

Supernova

Ali, no Alto Xingu, as meninas entram em reclusão depois da primeira menstruação e só saem no Kuarup, a grande festa dos mortos que acontece entre julho e setembro. Se a menina ficou menstruada em abril, ou maio, ótimo, ela deve sair em agosto, mas se menstruou em junho ou julho, por exemplo, o período de reclusão pode ser considerado insuficiente para o aprendizado e ela só sairá na festa do ano seguinte. Kassuri teve sua primeira menstruação logo após um Kuarup, o que significava que ela teria um ano de reclusão completo pela frente. No caso dela, devido a seu status social, isso era até bem-vindo, afinal, ela era filha de um grande chefe e um período longo de reclusão significava mais preparo e, consequentemente, maior prestígio.

Durante a reclusão, as meninas ficam numa parte isolada da casa, sem sair, a não ser por breves minutos no final do dia, quando o sol já se escondeu. Sua pele clareia e o cabelo cresce preto e brilhante, cobrindo seu rosto e costas, impedindo que ela faça contato visual com outras pessoas, especialmente homens, que não sejam seus parentes próximos. Elas também quase não fazem exercícios, já que ficam confinadas em casa, assim suas pernas e bundas engrossam. Abaixo de seus joelhos e na altura dos tornozelos são amarradas tiras de embira ou fios de algodão bem apertados pra que as batatas da perna também fiquem roliças, completando a transformação de seus corpos. Não podem comer carne, mel, mingau de mandioca, sal, pimenta. Resta-lhes o beiju, alguns tipos de peixe cozido, aves pequenas, o pequi e outras frutas. Nesse tempo, aprendem a fazer todo tipo de artesanato, tecer rede, preparar a mandioca brava e recebem os ensinamentos necessários das outras mulheres da família pra se tornarem esposas e mães. Durante a primeira menstruação, a mais severa, enquanto há sangue, elas ficam deitadas, quietas por alguns dias, sem se mover nem comer. Essas meninas púberes em reclusão e aprendizado são o suprassumo do desejo masculino, a personificação de um ideal de beleza imaculado. Muitas delas se casam imediatamente após saírem do resguardo. É na grande festa do Kuarup que elas terão as franjas novamente cortadas e voltarão ao convívio social, agora não mais como meninas, mas como mulheres.

 Kassuri tinha quase a mesma idade que Ana. Um ano a menos, talvez dois. Pra Ana, a ideia de casar ou ter filhos era algo vago, um horizonte que não lhe dizia respeito, mas pra Kassuri isso tudo era já bem concreto. Ali, assim que as meninas menstruam, são imediatamente conduzidas pela sociedade pra vida adulta, tenham elas catorze, treze ou doze anos. São mulheres férteis, podem conceber; estão biologicamente prontas, então a família trata de aprontá-las também cultural e psicologicamente. As brincadeiras de criança são deixadas de lado, o tempo da infância terminou — corte seco.

 Ana adoraria ver a ansiedade das meninas de sua escola em "virarem mocinhas" ali, ao saberem de tudo que as jovens deveriam enfrentar. A primeira menstruação de Ana tinha sido um tanto tardia. Muitas meninas da sua classe já tinham menstruado e nas mochilas escolares carregavam absorventes que escondiam de maneira ostensiva (que era a maneira mais eficiente de exibi-los). Quando as primeiras da turma começaram a menstruar e se fechar em rodinhas de assuntos exclusivos, ela nem ligou. Achou até bom na verdade, tinha preguiça daquelas conversas de iniciadas e alguma desconfiança de que duas ou três participantes daquela casta carregavam na bolsa absorventes decorativos. Preferia não chamar a atenção; não usava brincos, anéis ou batom (só uma correntinha com a letra A gravada num grão de arroz que comprou certa vez na praia, mas isso já era parte de seu corpo). Gostava de poder ficar quieta no recreio, lendo num canto do pátio sem amolações ou discussões tediosas sobre o charme irresistível de meninos desengonçados com caras mais esburacadas que a superfície lunar. Só quando a última menina da classe começou a usar os tão desejados absorventes e seu corpo ainda não dava sinais de mudança, começou a se preocupar pensando que sua vez não chegaria nunca. Não que ansiasse por aquilo, mas parecia que era o natural, e ela já se sentia tão alienígena naquela competição pra subir no pódio da popularidade.

Ana não era feia, mas era baixa; tinha o rosto redondo como uma bolacha e aquela mania esquisita de ler durante todo o recreio e se lixar para as tão aguardadas competições de handebol. Sua mesada era parca e ela preferia juntar pra comprar livros em estado de pré-decomposição no sebo dois quarteirões abaixo da escola; logo, não costumava frequentar a cantina, trazia um lanche embrulhado em papel-alumínio, numa lancheira azul e branca de alça remendada e aspecto um tanto infantil, que, definitivamente, não contribuía pra sua popularidade. Ana não ligava, aliás, nem parecia tomar conhecimento: abria um livro ensebado sobre os joelhos e mordiscava sanduíches de atum, sem descolar os olhos das páginas amarelas.

Acontece que, no último verão, Ana finalmente tinha ficado menstruada; crescera nada menos do que dez centímetros, seu rosto se afinara evidenciando seus olhos de cor misteriosa, indecisa entre o verde e o castanho. Além disso, voltara com um corte de cabelo chanel, resultado surpreendentemente bem-sucedido da soma de um impulso suicida e uma tesoura de cozinha mal afiada. O corte novo, apesar de não muito preciso (algumas mechas ficaram maiores do que outras quando a tesoura começou a mastigar os fios), acabou por revelar um pescoço elegante e apontava pros lábios que continuavam rosados, mas tinham perdido um pouco a característica infantil e se mostravam um bocado sensuais. Para completar o quadro, os seios começavam a despontar — aleluia! — e uma sugestão de quadril, mesmo que vaga, se insinuava no jeans surrado, cuja barra a mãe desfez sem esconder totalmente as canelas. Pra espanto dos colegas, ela saíra de férias uma menina bochechuda e baixinha e voltara uma garota bastante apresentável; e então, coisas estranhas começaram a acontecer: de vez em quando um menino se sentava por perto, na mureta coberta de hera, e perguntava o que estava lendo, ou uma das garotas vinha chamar pra passar o recreio com as outras. As solicitações perturbavam mais do que agradavam e ela tentava escapar como podia. Como tudo aquilo parecia distante agora! A escola ficava em outra dimensão.

Ana desceu a colina e se aproximou, cautelosa, da janela clandestina por onde Kassuri espiava os movimentos furtivos nos fundos da casa, o caminho que levava à roça, ao pequizal familiar e à subida pro platô de flores selvagens — o mundo lá fora, que continuava a existir independente de sua reclusão, com seus dias ensolarados, seus banhos de rio e as noites limpas do cerrado. Um ano sem sair do quarto. Trezentos e sessenta e cinco dias. Era uma medida até difícil de conceber, tipo, sete bilhões de seres humanos na Terra ou cem bilhões de estrelas numa galáxia.

— Psiu! — foi a vez de Ana chamar.

Os dedos de Kassuri surgiram na abertura. Ana esticou a mão e tocou a ponta de seus dedos, que desapareceram. Pelo toque, rápido, Ana sentiu que eram mornos e lisos, as unhas polidas como as conchas do rio. Ligeiramente trêmula, estendeu a florzinha arisca para dentro da fenda e percebeu quando ela sumiu de suas mãos. Com o coração acelerado, Ana voltou a se afastar dali. Aquela menina-quase-mulher, quase da sua idade, com cabelos que lhe cobriam o rosto de maneira tão estranha, como a uma entidade, apartada da luz e do convívio social, era o seu espelho invertido. Aquela fenda na palha, um buraco negro que a atraía com toda a intensidade.

Manhã lunar

"É mentira!" foi a primeira coisa que veio à cabeça quando seu pai deu a notícia. "É mentira, é mentira!", só podia ser uma piada ruim. Eram seis as folhas da muda de primavera que resistiam no canteiro. Não, não podia ser mentira. E ninguém faria uma brincadeira de tamanho mau gosto. Se o pai tinha vindo buscá-la pra contar que a mãe tinha morrido é porque a mãe estava morta. Era horrível, absurdo, mas era a verdade. De todo jeito foi gentil dizer que iam ao hospital, o mais correto teria sido dizer necrotério. Ele tinha ido buscá-la para que fosse com ele reconhecer o corpo. O corpo.

Deixaram o saguão iluminado do Hospital Panamericano por uma escadinha estreita de azulejos brancos do chão ao teto. Nunca tinha visto azulejos no teto, devia ser por uma questão de higiene e praticidade, um jeito fácil de lavar tudo aquilo da presença impregnante da morte. Um homem de branco apontou uma massa sob o lençol. Uma mulher, que Ana não notara, pegou a ponta do pano e descobriu o corpo num gesto cotidiano, um gesto frio e maquinal, de aço inox e éter, revelando os dentes equinos, grandes, que boiavam sobre a massa roxa da gengiva, elementos que antes compunham um sorriso solar. Mas o que mais a exasperou foram as pequenas bolas de algodão enfiadas nas narinas. Quis arrancá-las para que ela pudesse respirar, quis escoicear o enfermeiro que tentaria impedi-la, quebrar os azulejos feios, partir o pé da maca, rasgar o lençol tantas vezes lavado, engomado e usado para cobrir corpos, mas era inútil, sabia que era inútil. O pai fez um pequeno gesto afirmativo com a cabeça. Ela também reconheceu sem conhecer o corpo e avançou os dedos trêmulos em direção à carne inerte. Lembrou-se de quando, pequena, tocou uma serpente adestrada no jardim zoológico, do contato frio e liso e se assustou, pensando que a pele da mãe poderia causar a mesma sensação, em tempo, desviou a rota para os cabelos macios e fiáveis. Um ligeiro calor ainda se desprendia do couro cabeludo. Era ela, mas e ela, onde estaria?

Voltaram caminhando em silêncio pro sobrado. Seria verdade que, quando a pessoa morre, seus cabelos e unhas continuam a crescer? Talvez o organismo tenha ainda algumas reservas que seguem alimentando as células por um tempo. Ou talvez isso seja só uma impressão que temos devido à retração dos tecidos. Sua cabeça voltara a funcionar, o que era um alívio, mas agora parecia que os sentimentos é que tinham sido enrolados num grosso cobertor de lã e atirados no fundo de um lago. Eles caminhavam pelas ruas e ela imaginou que vestia trajes de astronauta. Devia ser isso que abafava os sons ao redor e a fazia respirar de um jeito artificial.

Havia muitos carros parados no quarteirão. A casa estava tão cheia que mais parecia uma festa. Festa na lua. Ana tinha tanto frio que abriu o armário e calçou mais três pares de meias, uns por cima dos outros, o que só aumentou sua sensação de flutuar, caminhar no espaço sem gravidade. Andava pelo quintal entre as dezenas de pessoas que inundavam o pátio e se sentia estrangeira em sua própria casa. Lembrou-se do encardido nas meias e sentiu quase prazer em pensar que isso não tinha mais importância, na bronca que não ia mais levar. Atravessou o portão e andou de meias pela rua, na frente da casa, entre tufos de erva daninha e merda de cachorro, com passos macios. Pisou nuns cacos de vidro, junto ao muro coberto de hera, e as meias impediram o corte sangrento. Nada mais tinha importância. Por todos os lados pessoas do trabalho, antigos colegas de faculdade, pessoas que vinham de outros estados, de outras eras, da casa vizinha, da venda da esquina, pessoas desconhecidas. Na cozinha, no corredor, no banheiro, dentro dos armários embutidos: pessoas. Como a mãe conhecia tanta gente? Como ficaram sabendo? Era como num sonho. Tentava recapitular os fatos daquela manhã, que já durava... Seria ainda manhã?

Então viu a avó. Era uma mulher miúda, mas naquele dia estava mínima. Tinha um lenço entre as mãos, uma combinação verde-clara e vinte anos a mais naquela manhã. Suas costas enrolavam-se como um caracol e o nariz parecia querer se esconder no umbigo. Chorava discreta e desesperadamente numa receita que só ela sabia conjugar, apertando o lenço entre os dedos marcados de anéis antigos. Até que sua pele se tornou transparente e a dor, não mais contida, atravessou a sala, iluminando suas veias azuis. Ela ergueu os olhos e encontrou os da neta astronauta em seu voo espacial. "E agora? O que é que vai ser de você?" Foi o que se leu em seus lábios finos, gretados, na língua esculpida pela forma dos dentes depois de tantos anos morando naquela boca. Quem crê em Deus sofre menos ou sofre mais?

Ana fugiu, entrou na cozinha, driblou dezenas de bocas que comiam, que falavam, que gemiam, mãos que beliscavam, colheres e garfos estendidos na sua direção, insistentes, espetando-lhe, pratos, travessas, maçãs mordiscadas, o cheiro de pão, queijo e presunto e em meio ao caos, numa manhã que já durava dias, uma mão larga a pescou. Atravessou os corpos, os copos todos, os odores, os sons das vozes, e a encontrou, suspendeu e pousou numa rede, entre seus braços. Ficaram assim, os joelhos dele encaixados na curva dos joelhos dela, numa rede estreita demais, como se ela fosse ainda uma menina pequena com medo de jacarés que não estavam lá — e ele, seu pai. Assim são as manhãs na lua, longas, e adormeceu.

Terra

O mato se mexeu. Seria um lagarto? Uma serpente? Não, fora um barulho seco, sem ecos de rastro ou cauda, de pequenas patas que se acomodam esmagando folhas e gravetos secos. Esgueirou-se até a fonte do som: um caroço de pequi. Estendeu a mão morena e o apanhou. Os pequizais ficam mais afastados da aldeia, são propriedades familiares preciosas, na mata em volta eles reinam, com seus troncos fortes e galhos tortos, as frutas enormes e amarelas, feito sóis, as flores brancas são estrelas terrestres. De qualquer forma não era tempo de pequi, era quase Kuarup. Apenas um caroço seco estalado no chão. Maru buscou com os olhos adivinhar a trajetória do fruto. De fato, não tombara de um pé, fora chutado por um: a menina branca lagarteava no fundo das casas sem cuidado.

— Psiu!

Ela olhou em volta ao mesmo tempo que ele se afundou no chão. Alguém voltou a chamar. Kassuri, sem dúvida, a filha reclusa do chefe, já que eram os fundos da sua casa, seu aposento pós-menarca. Os olhos da estrangeira eram lentos, mas acabaram identificando a fenda na palha e foram espiar. Maru viu quando a recém-chegada mergulhou a mão no buraco e voltou com uma pulseira de contas de presente. Não era a única, bem via que Yakaru também andava rondando por ali, o que era mais grave, pois ele era homem, e da outra metade da aldeia, o que fazia dele um pretendente possível, e lhe dava menos desculpas pra usar aquele caminho.

As aldeias circulares, com praça central e estradas radiais orientadas nas direções cardeais e para alguns pontos importantes da paisagem, indicam não apenas o conhecimento de geografia, geometria e astronomia de seus construtores, mas também estão estruturadas a partir de princípios sociais e políticos estritos. Numa aldeia, os caminhos são uma ciência: tem caminhos pra ir pra roça, caminhos pra ir pro rio, caminhos proibidos, caminhos pra namorar. Tem caminho pra se esconder e caminho para ser visto, caminho para chegar e caminho para sair. Pode-se pensar neles como uma gramática do espaço: aprender a andar é aprender a falar. Ou calar.

Kassuri era filha do chefe, uma jovem de tornozelos perfeitos, cabelos brilhantes — um excelente partido. Além disso, sairia da reclusão dentro de algumas semanas. Era natural que os rapazes estivessem excitados, mas Yakaru se tornara uma visita pra lá de insistente nos últimos tempos. Aproveitava o momento em que os outros estavam na roça, saía pelo caminho dos fundos de sua casa, passava pela colina, evitava a trilha que dava na pista de pouso, muito usada, contornava o pequizal de Padjá, mãe de Kassuri e segunda esposa do chefe, e se esgueirava até os fundos da casa dela quase desapercebido.

Yakaru era musculoso e flexível. Tinha o rosto redondo, o nariz largo e os olhos um tanto separados, que lhe davam um ar menos ágil de espírito. Ostentava braçadeiras muito apertadas, que faziam saltar ainda mais seus músculos e tinha o cabelo lustroso como piche, com um corte espetado, à moda ocidental. Pescava bem, sabia dirigir barco, consertar motor, dominava o português, e estava se tornando um excelente lutador de huka-huka, a luta xinguana em que os oponentes giram em círculos em sentido horário e se atracam buscando derrubar o adversário — aquele que perde é simbolicamente devorado pelo jaguar. Ele gostava do desafio da luta, os corpos medindo forças, a velocidade dos movimentos, o sol, o suor, a pintura dos lutadores, mas, sobretudo, gostava dos olhares embevecidos das moças e admirados dos mais velhos. Lutar bem traz o respeito da comunidade e é algo muito valorizado num líder. Kamaka, o pai de Kassuri, antes de operar os joelhos, tinha sido um grande lutador, assim como seu primogênito e sucessor natural, o jovem recém-falecido que seria celebrado no Kuarup. Yakaru se esforçava em construir sua reputação — e um casamento com a caçula do chefe também viria a calhar.

Então, no final do dia, depois do último banho de rio, ele trocava as havaianas por um par de tênis Nike impecavelmente brancos, vestia o calção de futebol do Corinthians e sua camiseta com o desenho do calçadão de Copacabana, perfumava-se e passava pra espiar Kassuri, mas de longe, pois essa era a hora crítica em que todos voltavam das expedições diárias, coleta de lenha, busca de água, pescaria, ou no que mais andassem ocupados. Mas era também a hora em que o esforço mais compensava: o momento em que a mãe a tirava rapidamente da casa pelo caminho dos fundos pra fazer suas necessidades. Era só quando podia ver, por alguns segundos, suas pernas claras sendo engrossadas movendo-se graciosamente no lusco-fusco.

Era providencial pra Yakaru fazer amizade com os visitantes, que ficavam alojados justo ao lado da casa do chefe, em território neutro e diplomático, permitido a todos, e que lhe dava a licença perfeita pra se aproximar de seu alvo. Foi assim que Yakaru começou a frequentar a casa de hóspedes, Ana começou a frequentar os fundos da casa de Kassuri e Maru soube que sua intuição não mentira ao farejar confusão.

Ursa Maior

Quando todos foram embora e não restava mais ninguém além de Ana e seu pai acomodado no quarto de hóspedes e recém-antigo escritório da mãe, a Morte ainda permaneceu sentada na poltrona da sala. Era um sobrado antigo e, por detrás da pintura branca, tinha paredes erguidas em mutirão da época em que ali ainda era um bairro operário e todas as outras casas se pareciam com aquela: telhas vermelhas e paredes caiadas. Naquela altura, do ponto elevado onde se situava o sobrado, era possível observar o mar de telhados que compunham a vila. Mais tarde, com medo de assaltos, os moradores subiram os muros. De qualquer maneira não havia mais o que ver: um paredão de prédios barrava a vista do vale.

A Morte olhava fixamente para um ponto na parede. Parecia que seu olhar era capaz de atravessá-la, atravessar os muros todos e se insinuar, sem convite, na casa das pessoas. Parecia que o tempo, pra ela, era um brinquedo de mola. Será que já estivera ali, naquela sala, tão à vontade na poltrona cor de gelo? Quando se mudaram para lá, Ana e sua mãe dormiram uma noite na casa vazia. As caixas já estavam ali, mas com as coisas todas empacotadas a sensação de nudez era flagrante. Era tarde quando a mudança chegou, tinham terminado a faxina e as forças bastaram apenas para desembalarem o colchão grande e se esparramarem na sala estrangeira. Ana deitou-se ao lado da mãe e ficou observando as sombras sincopadas dos galhos que se balançavam junto à janela da frente, ouvindo os sons inéditos da rua. Descobriu que adorava casas vazias com o mesmo gosto que dedicava aos cadernos em branco, aos livros ainda não lidos, aos terrenos baldios; o vazio permite coisas que o cheio não comporta. Sentia o eco dos cômodos, a intimidade alheia impregnada nas paredes lisas, marcadas por quadros que não estavam mais lá, e imaginava a vida que lhes cabia, histórias, personagens, ordenados ao seu bel-prazer.

    A intrusa se mexeu na poltrona. Impossível voltar a dormir com aquela presença na casa. As sombras se alongavam como se quisessem se desprender de seus corpos. Esticavam, puxavam, para, enfim libertas, mergulharem no veludo preto da noite. Uma poeira lunar cobria os móveis, paralisados e exaustos depois dos acontecimentos do dia. A cortina improvisada do quarto de Ana, com dinossaurinhos amarelos, se tornou definitivamente obsoleta. Os quadrados das treliças das janelas engaiolavam tudo de pesar. O pai talvez dormisse, espremido na bicama, esgotado pela surra que o choro dá, mas duvidava. Devia estar, como ela, perplexo pela presença da senhora que ocupava a melhor poltrona da sala, sem cerimônia.

    Finalmente, quando estavam ambos quietos e subjugados em seus cantos, a senhora se levantou e começou a caminhar. De repente parecia muitíssimo velha, movia-se com gestos de porcelana. Dos quartos podiam ouvi-la pelo corredor, no passo resignado dos condenados à eternidade. Ela tocou o aparador, fazendo com o dedo uma linha de poeira cor de prata e empurrou a porta do quarto de hóspedes. A senhora viu o pai de olhos inchados, perdidos em algum ponto do espaço; entrou. Ana pulou da cama. Lá fora as cachorras, que até então gemiam amuadas, começaram a uivar desgovernadamente. A velha estancou, ergueu seus olhos de furar paredes e deu-lhe as costas com seu caminhar de relógio. Ao sair, deixou aberta a porta, como quem diz: eu volto? Pra que quem mais se demorasse por lá pudesse segui-la? Pra que o ar fresco da noite pudesse entrar? Avançou como se usasse um vestido de cauda muito longa, que se estendia como um rastro, espalhando poeira lunar sobre o mundo, fazendo ranger as portas de madrugada e deixando antever, pela fresta, uma estranha liberdade, como um convite a despertar depois de um longo sono.

O mundo tinha se transformado. Ana viu com olhos novos a rama da acácia com suas flores de ouro na madrugada, a luz do poste, o pelo dos cães, suas mãos. Tinha pernas, braços e dentes sãos, e isso deveria bastar. A consciência de sua orfandade era também dar-se conta de seus músculos e sentidos como instrumentos de sobrevivência. Era aprender, ao mesmo tempo, sobre sua singularidade e o quanto era trivial sua existência de bicho. Era isso que a incômoda senhora ensinava, virando, no aparador, uma ampulheta invisível. A partir dali era possível pegar entre os dedos cada instante, como uma pérola. As coisas importantes se tornaram ainda mais preciosas; algumas perderam o brilho e outras, simplesmente, deixaram de existir. Aos poucos essa sensação de urgência se diluiria e seria possível voltar à normalidade dos dias, mas, naquele momento, cada segundo era vital.

Brasil x Coreia

Ana lambeu com prazer os dedos engordurados de peixe. Que diferença do tedioso arroz e feijão sem sal com macarrão cozido demais de cada dia! Maluá, que estava contratado para ajudar o pai nas escavações, havia tirado a manhã pra pescar. Apesar de seus vinte e oito anos, tinha cinco filhos pra alimentar, e, se o dinheiro do trabalho temporário era bem-vindo pra poder ir à cidade comprar gasolina, pilhas, tecido, miçangas, lanterna, biscoitos e o que mais desejasse, às vezes sua mulher lhe puxava a orelha para que fosse pescar ou trabalhar na roça com seu irmão, conseguir o alimento do dia. A pescaria compensou: Maluá voltou satisfeito e ainda trouxe uma corvina de presente pra Ana e seu pai, que Padjá, esposa do chefe que também estava contratada como cozinheira durante o trabalho arqueológico, havia preparado. Isso sim Padjá sabia fazer muito bem. Se jogou na rede enquanto o pai separava os equipamentos pra voltar ao trabalho: GPS, trena, pá e um caderno novo do lote comprado na papelaria em Brasília.
— Pai?
— Diga, Ana.
— Você vai precisar de todos esses cadernos?
Eram cadernos bonitos com capa de papel marmorizado, escolares, de folhas pautadas, finas linhas azuis sobre páginas cor de creme.

— Ainda não sei, você quer um?
— Ahã.
— Toma. Até mais tarde — e saiu ao encontro de Maluá, que o esperava na porta.

Padjá também saiu, foi cuidar de sua própria casa e ela ficou só, acariciando a capa suave, sentindo o peso do caderno entre as mãos, alisando as curvas cor de coral da estampa, se ocupando da delicada tarefa de se manter atenta em permanecer distraída: estava proibida de sentir demais, pois sempre, atrás de tudo, da tarde, do azul, das paredes frescas de palha, da névoa de fumaça do fogo recém-apagado, estava ela à espreita: a falta.

Yakaru mete a cara na porta.
— Ana!
Ela, espichada na rede, levanta os olhos do vazio.
— Vem, vamos ver o jogo.
— Jogo? Vai ter jogo no pátio?
Ele ri.
— Não, no pátio, não, na televisão.
— Televisão?!
— É, da Copa do Mundo, hoje tem jogo do Brasil!
— Eu nem sabia que tinha televisão aqui...
— Tem sim, na casa de Muneri, vem!
— Muneri?
— Sim, seu vizinho.
O coração de Ana dispara:
— Na casa do chefe?
— É, anda, o jogo vai começar!
Lá fora encontram Muneri alimentando o gerador com um galão de gasolina. Ele faz sinal pra que entrem. Dentro da casa, num grande banco de madeira, Kamaka, o chefe, cercado de homens e outros rapazes. No chão, diante deles, as crianças. Maru está ali. Algumas mulheres também aguar-

dam, deitadas nas redes com seus bebês. Yakaru e Ana tomam assento. Muneri entra e puxa o plástico que cobre a TV. Liga. Hino do Brasil. Os indígenas mais velhos têm os torsos nus e assistem calados, mas os jovens vestem suas camisas da seleção brasileira e até ensaiam o hino. Os meninos pequenos, inteiramente pelados, fazem como os maiores, mexendo a boca e inventando palavras em português, essa língua estrangeira. Começa o jogo.

Os rapazes parecem querer entrar na TV, o corpo todo projetado pra frente, enquanto os velhos, muito eretos, observam. As mulheres, com os seios de fora, amamentam os nenéns e riem tecendo comentários maliciosos sobre as pernas dos jogadores, os maridos fingem revolta — tudo normal. Num lance mais ousado, a mão de Yakaru, nervosa, vem pousar na coxa de Ana. Ela sente um choque, e parece que ele sente o mesmo, pois trata de tirar depressa. Ninguém notou, pensa Ana suspirando de alívio e espiando o fundo da casa onde Kassuri está confinada. Entre passes e chutes ao gol, dribles e defesas, se aproxima da paliçada e sente a sua presença colada, espiando também o jogo — e a audiência — por uma minúscula fresta na palha. Sem ter mais nada à mão, Ana tira sua correntinha do pescoço, aquela com o grão de arroz que carrega desde sempre, e passa por baixo da parede. Kassuri aperta sua mão com força entre os dedos quentes; uma felicidade se irradia por seu corpo.

— Gooolll!!!

Os velhos comemoram, a mão pesada de Kamaka bate no banco com vontade sacudindo a plateia, os jovens se revoltam:

— Mas foi gol da Coreia, por que vocês estão comemorando?

— Sim, nós torcemos pro Brasil! — completa Yakaru.

— Pro Brasil? Ah, não, nós estamos torcendo é para os nossos parentes ali!

Na televisão, os jogadores de pele morena e olhos puxados, nos quais os mais velhos se reconhecem, vibram com Yun-Nam, o artilheiro. Ana acha graça dessa inusitada torcida coreana em plena floresta amazônica, mas pouco importa quem vença: já ganhou o dia.

Sobre perdas e pedras

— O que você acha, Ana?
Depois do velório, o pai pediu uma licença na escola pra Ana, o que não era simples, pois estavam entrando na última semana do semestre e em franco período de provas. De qualquer maneira a direção não tinha muita alternativa: era um caso extremo, Ana era uma boa aluna e acabaram autorizando que ela fizesse as provas no semestre seguinte. Além de assimilar a morte da mãe, a menina teria que ir viver com o pai, nessa altura pouco mais que um desconhecido. Mas não fora sempre assim, houve um tempo em que tinham vivido juntos e seu pai era um sujeito familiar que formava frases inteiras com sujeito, verbo, adjetivos e tudo. Principalmente quando descrevia as pedras que trazia pra coleção da filha — seu pai era arqueólogo, mas tinha um caso com a geologia. Ana gostava quando ele chegava com uma prenda nova e a colocava sobre seus joelhos explicando as camadas, as etapas de formação de cada uma, os tipos de minérios que lhe davam cores diferentes. Ainda guardava sua coleção.
Fazia muito tempo que não pensava naquelas velhas pedras, que guardava numa lata de biscoitos champanhe já meio corroída pela ferrugem e que não tinha saído de cima do guarda-roupa por uns bons anos, mas, recentemente, na arrumação da mudança, tinha esbarrado nela. Era uma lata bonita, azul royal e prateada, de alguma edição comemora-

tiva. Limpou a poeira que se acumulava nas letras em alto-relevo e tentou abri-la, mas a ferrugem tinha soldado a tampa. Com seu canivete forçou a entrada da lâmina e, aplicando um pouco mais de força, a tampa cedeu espalhando as pedras sobre a cama: uma pirita de enxofre e uma de ferro, uma galenita, um corindo, uma hematita, um cristal de rocha, uma ametista, dois quartzos, uma olho de tigre (sua preferida), uma opala, um arenito e a última, que, por mais que se esforçasse, não conseguia lembrar o nome. Engraçado como o tempo preserva algumas coisas e devora outras. Quem conhece o seu paladar?

 Quando era uma menina e ainda não conhecia o sabor das letras eram essas as histórias que preferia: de pedras, mas também de formigas e minhocas, esqueletos de folhas, cascas secas de besouros e suas asas transparentes. Naquela tarde em que Ana e seu pai ficaram sozinhos na casa e uma garoa fina caía sobre o quintal, voltou a remexer a terra. Enquanto encardia as unhas, a chuva engrossava, mas ela não se importava; lhe agradava que o dia chorasse — além de facilitar o trabalho, amolecendo os torrões que se apegavam às raízes da pitangueira. Faria um bom túmulo. Mediu a urna com as cinzas, ainda grande pro buraco que conseguiu fazer e cavou mais. A mãe lhe dissera uma vez que, quando morresse (dito lá no subjuntivo de um futuro indeterminado), queria ser cremada. Achava elegante aquele punhado de cinzas e a ideia de vermes percorrendo seu corpo lhe dava cócegas. Quando a hora chegou, Ana desenterrou esse caco de conversa, e no dia do velório anunciou que a mãe seria cremada. A avó, muito católica, chocou-se, mas Ana bateu o pé: era a primeira vez que decidia algo desse calibre e assim foi.

 Acomodou a urna com as cinzas na terra de seu quintal num ritual particular. As cachorras, que observavam a menina em seu ofício de toupeira, vieram cheirar-lhe as mãos. Ana ficou com medo que as duas tomassem aquilo por brincadeira, viessem desencavar a mãe à procura de um osso e acabassem se lambuzando de fósforo, óxido de cálcio e carbono. Ossos: as únicas partes do corpo que resistem aos mais de mil graus de temperatura a que são submetidos no crematório; os da mãe precisaram ser triturados para que seus 65 quilos se resumissem àqueles poucos gramas de pó.

Línguas ásperas lhe apanharam de surpresa: as cachorras vieram lamber-lhe a cara molhada de lágrimas, chuva e suor; via-se, em seus olhos de bicho, que entendiam seu rito, testemunhas fiéis e assistentes de coveira.

— Ana? Eu estou falando com você.
— O quê? Hã, desculpe, eu não ouvi.

Entre eles uma panela de macarrão, dois pratos meio cheios com massa meio fria, uma garrafa de suco de uva e um bocado de silêncios. Ana massageava as têmporas com força. Não havia jeito daquela maldita sensação descolar da cabeça; desde o dia em que foi apanhada de surpresa pela orientadora na escola era assim: as vozes das pessoas, os sons dos talheres batendo no prato, o sentido das coisas, tudo parecia distante e abafado. Se pelo menos conseguisse dormir à noite, talvez pudesse afastar a impressão de usar um capacete de astronauta quando se levantava pela manhã.

— Eu disse que seria bom você usar uma mala pequena.
— Por que, a gente não pode ficar aqui? Quer dizer, eu vou ter que dormir na sua casa?
— Na verdade eu preciso viajar e... bem, estava te chamando pra vir comigo.

Parecia um convite, mas ela tinha opção? Não tinha vontade de viajar com o pai, mas olhou a toalha da mesa em que tomara café da manhã com a mãe na última quarta-feira, a pequena mancha de geleia de framboesa que tinha feito, a luminária de teto que tinham instalado juntas na semana anterior e que tinha ficado meio torta, e voltou a afundar as mãos em seu capacete de espuma. Ali tudo parecia fazer parte do corpo da mãe, mas sem a mãe, como membros amputados. Suspirou, talvez o melhor fosse mesmo sair dali por uns tempos. Mas o convite do pai não era pra uma semana na praia ou num chalé inofensivo nas montanhas, não, eles deveriam partir pro Alto Xingu, e por tempo indeterminado.

O pai estava fazendo uma pesquisa sobre a Terra Preta da Amazônia, ou Terra Preta de Índio, como era conhecida entre os arqueólogos mundo afora. O trabalho consistia em mapear e datar, através da observação da transformação do solo pela ação humana, a presença indígena ali, que remontava à era pré-colombiana, além de mostrar a continuidade em sua maneira de organização, aldeamentos, caminhos, práticas culturais e técnicas de agricultura de lá pra cá; mostrar, enfim, que aquele era território indígena há muito tempo e que a tal floresta amazônica, que o mundo adorava evocar como virgem e intocada, era, na realidade, intensamente habitada e manipulada por essas populações há milhares de anos.

Ou seja, iam morar num sítio arqueológico, mas vivo, e cheio de gente. E gente, no Xingu, é muita coisa: tem homem que é jacaré, beija-flor que já foi humano, mulher que namorou peixe. Gente que já morreu também participa, e às vezes até volta à vida um pouquinho, e todos dividem os caminhos, os amores, se guiam pelas mesmas estrelas, se banham nos mesmos rios. O passado é presente e o presente, a atualização permanente do que já foi e do que ainda será.

Gravidade

— Uemã entsagüe? — Yakaru se aproxima dela.

— Nhalã — escondendo a nova pulseira que acabara de ganhar.

Aquele tinha se tornado o ritual diário das duas: Kassuri passava as tardes fabricando artesanatos pra Ana, que por sua vez saía em expedições pra colher flores exóticas, conchas de caramujo, uma carcaça de besouro cor de esmeralda, pedras bonitas — tudo que pudesse enfeitar o confinamento de Kassuri e aplacar sua fome do mundo.

Os rapazes da aldeia jogavam futebol no pátio, os mais velhos tinham terminado a partida e agora os meninos pequenos se divertiam com a bola no campo. Em seguida seria a vez das mulheres. Yakaru enxugou o rosto com a camisa que trazia pendurada no ombro — seu corpo brilhava de suor. Sentou perto dela e começou a limpar minuciosamente a terra das chuteiras com um graveto.

— Comprei no Rio de Janeiro, com elas a gente corre e não cansa. Eu gosto muito do Rio, você conhece?

— Não muito bem.

— Eu tenho vários amigos lá. Tem o pessoal que veio fazer um filme aqui no ano passado, tem os amigos que recebem sempre a gente quando vamos fazer apresentação de dança... Fora as pessoas que vêm pro Kuarup, pra ver a festa. Vocês vão ficar pro Kuarup?

— Acho que sim. Depende da pesquisa do meu pai.

— Ah, vocês têm que ficar! É uma festa muito boa, vem gente de muitos lugares pra participar, das outras aldeias também... Já veio gente até do Japão!

— E como é?

— É uma festa pra lembrar os mortos. Os mortos importantes que vão virar ancestrais e continuar olhando o povo, o que nós fazemos por aqui.

Ana levanta os olhos. As crianças estão saindo do pátio, as mulheres chegam pra jogar. Quase todas, que costumam andar pela aldeia com os seios de fora, vestem sutiãs ou tops pra correr com maior liberdade, mas, ao contrário dos homens que possuem, além das camisetas oficiais de seus times preferidos, boas chuteiras, as mulheres jogam descalças, e muito bem.

— Uma festa pros mortos?

— Sim. Eles voltam à vida um pouquinho e depois morrem de vez, mas ficam ainda inspirando a gente da aldeia deles.

Gol! As mulheres do time da Takã, meia-irmã mais velha de Kassuri, comemoram enquanto correm de volta pro seu lado do campo. Yakaru olha pro céu como se pescasse palavras nas nuvens.

— É assim: tinha dois irmãos, o Sol e o Lua. Eles eram gêmeos. A mãe deles foi a primeira mulher que existiu. Foi a sogra dela, que era onça, que matou ela, por desobedecer a uma ordem do marido. Os irmãos ficaram tristes, tristes, mas o espírito da mãe não subia para o céu. Então seus filhos, o Sol e o Lua, decidiram fazer uma festa bem bonita pra ela e convidaram todos os bichos do Morená pra participar.

— Morená?

— É o centro do mundo, atrás da lagoa Ipavu. Mizarudin, que tinha criado a mãe deles, veio também. Foi ele quem fez as primeiras pessoas.

— Como assim ele *fez* as pessoas?

— Ah, ele esculpia um tronco de madeira e soprava fumaça por cima. Tinha feito a mãe dos gêmeos, era sua filha, por isso não queria que ela morresse. Então ele entrou no mato, cortou uma árvore de kuarup e levou pro centro da aldeia. Mandou que espetassem o tronco no chão, pintou ele e enfeitou com colar e penas. Depois foi chamar duas cutias e dois sapos-cururu pra cantarem com ele. O sapo é bom cantor e, naquele tempo — Yakaru faz um gesto largo, como se abarcasse a Terra toda —, as pessoas e os bichos ainda se entendiam...

— E o que aconteceu?

— Bom, as pessoas estavam desconfiadas e vieram perguntar se o tronco ia mesmo virar gente. Mizarudin respondeu que sim, então o povo começou a se pintar e a gritar. Quando se cansaram, quiseram chorar junto do tronco, mas Mizarudin proibiu, dizendo que ele ia viver e não era pra ser chorado. Mandou todo mundo entrar nas casas e esperar a transformação.

Mais um gol de Takã. A tarde avança, macia, as nuvens mudando de forma.

— À noite o tronco começou a se mexer, como se o vento balançasse ele, então os sapos e as cutias cantaram mais e mais pra que a mãe do Sol e do Lua voltasse a viver e fossem pro rio se banhar. Quando o dia clareou, a metade de cima já tinha forma humana, todos queriam ver a tora virando gente, mas Mizarudin não deixou. Ao meio-dia a transformação já estava quase completa, então ele chamou o povo pra uma grande festa, mas avisou que aqueles que tivessem namorado durante a noite não podiam sair de jeito nenhum.

— Por quê?

— Bom, o tronco poderia sentir o cheiro e quebrar o feitiço. O cheiro do sexo é muito forte.

— E então? — Ana abre seu canivete e ataca um matinho seco no chão.

— Aí, um homem que tinha se deitado com sua mulher não aguentou de curiosidade e saiu também. Quando ele chegou bem perto, o tronco parou de se mexer, na mesma hora o kuarup voltou a ser madeira.

— Ah!

— Pois é, os filhos que queriam sua mãe de volta ficaram muito tristes e o pajé ficou bravo, mandou que jogassem o tronco na água e disse que, a partir daquele dia, os mortos não iam mais voltar à vida e o Kuarup seria só uma festa.

Um gavião-real cruza o céu. A partida se encaminha para o fim.

— Não sei se parece muito alegre pra uma festa...

— Ah, mas é sim! No Kuarup, as almas dos mortos se libertam e podem ir viver na aldeia deles. A gente chora muito e depois deixa a tristeza pra lá e vai lutar. As mulheres trazem mingau de pequi pra pagar os dançarinos, é muito bom, tem muita dança, comida e huka-huka no final — ele faz uma pausa, os olhos brilhantes como se já visse o pátio já cheio de gente, todos enfeitados para a festa. — É também quando as moças saem da reclusão, o corpo delas está pronto, como o da primeira mulher que Mizarudin fez.

Ana nota que o olhar dele escorrega por seu corpo detendo-se nos seios que despontam, tímidos, sob o algodão da regata e sente-se corar até a raiz dos cabelos. Desvia o rosto, mas seus joelhos estão irremediavelmente próximos. Nota que a pele do rapaz possui pequenas linhas esbranquiçadas, paralelas, muito finas, nas pernas, nos braços, no tronco. Ele se levanta e espanta os mosquitos que se aproximam, vorazes, com o final da tarde.

— Quer tomar um banho?

Ana alça os ombros num gesto indiferente, mas se levanta e o segue. Vão por um caminho novo, que ela desconhece.

Átomos e aeroportos

E naquela semana em que não foi para a escola, naquela semana em que o mundo mostrou seu avesso, em que o tempo parou e tudo aquilo que tinha importado antes não tinha mais importância alguma (os horários, as tarefas, as refeições, andar de meias pela casa e até pelo quintal), descobriu uma rara liberdade: uma força que nascia da fragilidade. Descobriu que o mundo era mais imprevisível e maleável do que pretendia ser e que as paredes dos edifícios, se pareciam sólidas, eram disfarce. Quase podia ver as partículas em torno do núcleo dos átomos que compunham o cimento e, sobretudo, o vazio entre elas. Os dias que se seguiram foram ainda moldados pela imaterialidade do espaço: a astronave fazia sua longa viagem de regresso à Terra.

Certo, iriam ao Xingu. Arrumou suas coisas, deixou as cachorras com a avó — o mais difícil era separar-se delas — e, dois dias depois, estavam no aeroporto. Ana tentava ler um livro, sentada na sala de embarque, enquanto o pai folheava o jornal, mas era difícil manter a concentração com ele virando ruidosamente as páginas espaçosas ao seu lado. Decidiu dar uma volta. Uma senhora muito gorda cabeceava em sua revista de fofocas, um pai ralhava com o filho para que parasse de correr entre as pessoas, um gato miolava inconsolável. Era curioso que as pessoas se comportassem como se nada tivesse mudado, como se as coisas ainda fizessem sentido e tudo seguisse de acordo com planos e expectativas bem delineados e, no entanto, a senhora enorme cochilava numa cadeira obviamente pequena demais, o menino tentava subir a escada rolante que descia, a garota conversava com seu gato dentro de uma gaiola e a morte existia. Um mundo inteiro, fino feito casa de ovo, na eminência de se quebrar.

Apoia as mãos na vitrine da livraria e olha os livros na estante. Não tinham se reproduzido nem engordado muito desde a última vez que esteve ali — calcula em dedos esquecendo que suas mãos já não são as mesmas. Descola as palmas que ficam gravadas no vidro guardando os volumes feito fantasmas e para diante de uma televisão 42 polegadas ligada atrás de um balcão que serve sanduíches rápidos, pães de queijo murchos e cafés torrados demais. As pessoas olham pra tela e até a garçonete, de touca na cabeça, deixa um troco em suspenso pra espiar a abertura da Copa do Mundo.

Uma mulher passa apressada arrastando uma mala de rodinhas, bilhete de embarque e documento apertados na mão. Os cabelos vermelhos, cacheados, dão-lhe uma áurea fantástica e o coração de Ana dispara. Dribla duas crianças, pula um banco, esbarra num senhor lento demais e, ao se desculpar, perde a juba ruiva na multidão. Corre de um portão a outro, cada vez mais aflita, mal pode respirar. Tropeça numa mochila, bate a canela na base de uma cadeira e desaba no chão. Do alto-falante seu nome ecoa pelo saguão. Já nem sabe onde está. Se encolhe, incapaz de se levantar, desejando apenas que o chão se abra e a engula. O alto-falante repete seu nome, insistente, com uma ponta de impaciência que trai a voz impessoal da comissária. Aliás, tudo aqui é impessoal demais, impaciente demais e sem sentido algum — quer apenas parar, sumir, evaporar.

— Te encontrei! — o pai se aproxima correndo, a respiração ofegante. — Vamos, é hora de embarcar.

Lagoa de jacarés

Ana o segue com dificuldade. Aquele caminho que leva à lagoa é pouco usado e ramas espinhentas se agarram nos calcanhares. Yakaru vai na frente, seguro, afastando com as mãos os galhos que invadem a trilha. De repente a lagoa surge diante de seus olhos, enorme e amarela, as palmeiras de buriti que a rodeiam multiplicadas no espelho d'água. Se aproximam da margem e Ana prova a temperatura com a ponta do pé, seu corpo se arrepia, a água é fresca e agradável, as pedrinhas no fundo do leito fazem cócegas na sola.

— Vamos mais para lá, nessa área dá muito jacaré.

— Jacaré? É por isso que ninguém vem tomar banho aqui!

— Às vezes vem, mas não muito... Às vezes algum jacaré ataca mesmo, e daqui a pouco é hora da sucuri acordar.

— Sucuri?

— A cobra grande que mora no fundo da lagoa.

— Credo! E você me traz pra tomar banho logo aqui?

O riso de Yakaru se esparrama folgado pelo resto da tarde.

— Mas é bonito, não é? Eu queria te trazer num lugar bonito. Vem, vamos pra lá, onde tem aquele tronco atravessado na água.

— E como eu vou saber se aquilo é um tronco mesmo?

Ele sorri enquanto tira as chuteiras e entra na água depois de resgatar um sabonete escondido atrás de uma pedra e cuidadosamente embrulhado numa folha. Aquele parece ser seu lugar oficial de banhos.

— Não precisa ter medo, não. Você sabe que jacaré já foi gente?

Ana faz uma careta desconfiada.

— É verdade, jacaré era homem e gostava muito de namorar. Até ser traído pela cutia... — ele ensaboa a camisa e bate no tronco com vontade pra tirar a sujeira.

Ela hesitava, não queria tirar a roupa e não trouxera o biquíni que sempre usava pra entrar no rio. Além disso, nadar em companhia de jacarés e sucuris não era o seu ideal de banho, mas Yakaru parecia cem por cento à vontade naquela lagoa suspeita.

— O que a cutia fez?

— Entra, que eu te conto — e Yakaru, afunda o rosto devagar na água escura, à moda dos jacarés.

Ana olha em volta: ninguém. Decide entrar inteiramente vestida. À medida que avança, a regata branca bebe o rio e vai se colando à pele, transparente, os bicos rosados dos seios ficam duros feito duas pedras. Ela trata de afundar depressa e encostar o corpo contra o tronco firme, parcialmente submerso.

— E então? — insiste, como se estivesse calma.

— Bem, o jacaré era forte e bonito e duas irmãs ficaram gostando dele. Eram as esposas do Mariká. Quando o marido ia pra roça, elas vinham até a beira da lagoa e chamavam o jacaré. Ele saía da água, tirava sua pele de bicho e virava homem.

Ana se agarra ao tronco.

— Primeiro se deitava com a mais velha, depois com a mais nova. Namorava, namorava, até cansar. Depois voltava pra dentro da lagoa, virava jacaré de novo. Um dia, Mariká foi pro mato caçar e ia flechando uma cutia, quando ela disse: "Não me mate não, meu neto, que eu tenho uma coisa para te mostrar". "O que é?" Mariká perguntou, desconfiado. "É sobre as suas mulheres." E assim, a cutia, pra salvar sua pele, levou o Mariká até a beira da lagoa, onde suas mulheres estavam transando com o jacaré. Ele viu tudo e ficou muito zangado. Flechou o bicho e chamou suas mulheres pra voltarem pra casa, mas elas não quiseram ir. Ficaram chorando pelo amante morto na beira da lagoa.

Yakaru pega impulso, se iça sobre os braços sentando no tronco e aponta pra margem.

— Ali, onde o jacaré foi enterrado e as irmãs choraram, nasceu o primeiro pé de pequi. As mulheres provaram a fruta que brotou dele, mas acharam que não tinha gosto, então esfregaram na vagina e foi assim que o pequi ficou gostoso, perfumado. Você já comeu pequi?

Ana abre a boca, mas Yakaru levanta a cabeça como se ouvisse algo. Ana também apura os ouvidos, mas não escuta nada. Apreensiva, se agarra ainda mais à tora, o corpo todo arrepiado. Só então distingue os passos de alguém que se aproxima.

— Uemã entsagüe?
— Nhalã.

É Muneri, irmão de Kassuri, que os recebera no dia do jogo da Copa. É um rapaz discreto; Ana o vira várias vezes conversando com sua mãe, Padjá, sempre em voz baixa, na porta da casa dos hóspedes, na hora quente do meio-dia. Tinha um rosto bonito, talhado à faca, as maçãs da face protuberantes e um olhar triste. Segue direto pela margem, em direção à aldeia, fazendo gemer as pedras sob seus pés, mas Yakaru o detém:

— Muneri, espera, vamos com você.

Mergulha uma última vez, alcança a margem com duas braçadas, torce a camisa de futebol e joga sobre o ombro enquanto recupera as chuteiras e volta a esconder seu sabonete atrás da pedra. Ana vai saindo devagar, as mãos emboladas dentro da regata na esperança tola de que o tecido não se agarre tanto ao corpo. Ao alcançarem a entrada do caminho, é o pequeno Maru quem pula de detrás de uma palmeira com uns coquinhos na mão e Ana tem a impressão de que o menino já estava ali há um bom tempo, mas não diz nada. Maru rói os cocos e caminha ao lado deles. Se fosse pego espionando os outros, ele seria cúmplice do crime de Yakaru, de convidar uma moça branca pra tomar banho sozinha, do dela, de aceitar, e do de Muneri, de vagar taciturno esquivando-se de seu pai e de seu destino, e assim, quem sabe, naquele grupo de desgarrados, a pena de todos fosse um pouco mais branda.

Viagem ao centro da Terra

Brasília. Calor infernal. O céu imenso e redondo, liso, perfeito como uma tigela de louça emborcada sobre a cidade-avião. Assim que as portas automáticas se abrem e eles deixam o conforto do ar-condicionado do aeroporto pra trás, um bafo quente lhes acerta a cara, agarrando, em seguida, o corpo inteiro. Cinco minutos, o tempo de achar um táxi livre, e a camiseta entre as costas e a mochila já está completamente empapada de suor, num mês que deveria estar fazendo frio no planalto central.

A primeira etapa da viagem estava vencida; a partir dali teriam dezessete horas de estrada até Canarana, cidade onde pegariam um avião fretado pra entrar no Xingu. Mas, antes disso, tinham que fazer algumas compras. A mais importante delas era uma rede pra Ana, sua nova "cama". Além, é claro, de cordas para amarrá-la, um estoque de café e leite em pó, macarrão, arroz e bolachas. Fora os isqueiros, lanterna, pilhas, faca e um lote de cadernos para as anotações do trabalho de campo, objetos que, dentro em breve, se tornariam quase parte de seus corpos, mas isso Ana ainda não podia saber.

A viagem é longa, longuíssima. Ana evoca uma última vez a sensação do aeroporto fresco com suas escadas rolantes mágicas, carrinhos, as pessoas carregadas de bagagens, a confeitaria chique e os frascos de remédio, um mundo todo branco, claro, reluzente, prestes a desaparecer diante de um outro, pardo, poeirento, de árvores tortas e caminhos a perder de vista. À medida que o ônibus avança, outro Brasil se descortina. Um mundo de cidadezinhas perdidas no coração do Mato Grosso, de fazendas de soja, caminhonetes, buracos e chapéus de couro, totalmente incompatível com o mundo brilhante de guichês de atendimento e café expresso, os impossíveis homens engravatados de pastas polidas e auxílio-paletó. Aqui uma camada de terra cobre tudo. E o sol lambe. E a poeira volta a colar.

Dorme. Acorda. A mesma música no rádio. Ana estranha, tem a sensação de ter dormido ao menos uma hora. Logo entende: é uma velha fita cassete que o motorista vira e torna a virar, lado A, lado B. Quem ainda usa isso??? Dezessete horas seguidas ouvindo a mesma fita de música sertaneja. Decora as canções: *Na beira da praia, se não tiver você, meu coração chora...* Mais longe da praia impossível. Lá fora o cerrado. O sol reivindica tudo: é seu território. É aqui que ele se deita e aqui que se levanta. Seus filhos, seus parentes, devem morar por aí, perto de nós. As folhas são pequenos espelhos de luz que cegam. Quase é possível ouvir os troncos retorcidos das árvores estalando na quentura, a estrada feito um leito seco de rio, serpente gigante deitada sobre a terra que, com seu ressonar profundo, dá mil voltas.

Ana vira a cabeça pro lado e aspira o cheiro da poltrona ligeiramente rançoso: tecido gasto e cabelo oleoso; primeiro chegam os cheiros de fábrica: couro sintético, plástico, fundição, prensagem; depois, misturados, cheiros de gente: peido, boca, suor e sebo. De olhos fechados repara no pai. O cheiro dele é assim: sabonete e transpiração, camisa de viscose seca ao sol e jornal. Este homem, sentado ao seu lado, impaciente, ligeiramente curvado, que sofre em silêncio de dor nas costas, olha a estrada e folheia as notícias. Seu pai.

Sua mãe. Uma pontada aguda perfura algum encanamento interno, fazendo minar uma gota no canto do olho. O ônibus sacoleja, lá fora, uma vaca pasta, o vazamento persiste.

Eclipse

"Psiu!" Ana chama junto ao buraco na palha. Nenhuma resposta. "Psiu!", volta a chamar. Nada. Estranho, é claro que ela estava ali já que não podia ir a parte alguma. "Kassuri, sou eu, Ana!", a amiga continua em silêncio. Ana se aproxima e espia dentro da casa. De fato, estava ali, contra a paliçada, o rosto coberto pelos cabelos.
— Kassuri?
A menina permanece quieta, mas Ana tem a impressão de ouvir um suspiro de impaciência — era a primeira vez que não se sentia bem-vinda ali. A respiração ritmada faz com que os ombros da menina ondulem na penumbra; os seios empinados, a curva suave do púbis terminando no sexo liso e o corpo torcido para o lado lhe dão forma de algas, plantas aquáticas. Ana enfia o braço na fenda, o mais fundo que pode, estendendo um pequeno seixo polido da praia — a prenda da tarde. Kassuri move a cabeça e parece encará-la por trás da cortina de cabelos, mas é tudo. Ana guarda seu sorriso murcho e recolhe a pedra, se sentindo mais nua que a outra, confrontada por seu olhar invisível.
— Ana foi pra lagoa com Yakaru.
O sangue de Ana para de circular, estancado nas veias por um instante, e, em seguida, irriga com vontade redobrada todos os tecidos do seu corpo. Nessas horas Ana odiava seu sistema circulatório e a cor de cal de sua pele que se tor-

nava imediatamente escarlate ao mínimo sinal de vergonha, raiva, choro, à menor mentira.

— Sim, a gente foi tomar banho... — responde Ana ao que não era absolutamente uma pergunta. — Mas eu tive medo, parece que tem jacaré por lá — e ri, nervosa, tentando parecer descontraída.

Kassuri torna a virar o rosto contra a parede. Com certeza falar em jacarés não iria ajudá-la naquela questão, que estúpida! Gostaria de dizer que não tinha acontecido nada, mas, dentro de si, sentia que não era totalmente verdade. Algo tinha acontecido, sim, abaixo da superfície dos gestos e das palavras algo se movera dentro dela. A simples lembrança do olhar guloso de Yakaru sobre seu corpo a fazia sentir um formigamento entre as pernas. O que dizer então? Sente que Kassuri prefere ficar sozinha, ou, ao menos, sem sua companhia e, já que ela não podia sair dali, o mais elegante seria Ana deixá-la em paz. Começa a se dar conta de que talvez tenha sido um erro andar por aí sozinha com Yakaru, o pretendente de Kassuri, está claro que ali tudo se via, tudo se sabia.

Ouve um gemido do outro lado da casa. Contorna a maloca e dá de cara com Muneri em pé, nu, coberto de sangue, o rosto retorcido, as narinas dilatadas, maxilares comprimidos. Kamaka gargalha ao ver os olhos arregalados de Ana. Ao lado do filho, empunha uma arranhadeira e joga água de uma cuia sobre as escarificações do rapaz. A água se mistura ao sangue e o caldo viscoso corre em direção à terra.

— Tô arranhando pra ele ficar forte, dar coragem — diz Kamaka, orgulhoso. — Vem, pode olhar.

Ana se aproxima, apreensiva, mas cheia de curiosidade. A arranhadeira é feita de um pedaço de cabaça, com dezenas de pontinhas incrustradas, perfeitamente paralelas.

— É dente de peixe-cachorro. Quer que eu arranhe você?

Ana arregala mais os olhos:

— Mulher também é arranhada?

— É sim, claro. Arranhar é bom, limpa o sangue.

— Quem sabe um outro dia... — e se afasta dos dentes afiados do tal peixe-cachorro.

Kamaka termina de lavar o corpo do filho, mas o sangue volta a brotar em minúsculas gotículas por toda a extensão dos arranhões. Por isso as linhas esbranquiçadas que reparara outro dia no corpo de Yakaru. Olha fascinada toda a operação. Em seguida, Kamaka limpa os ferimentos do rapaz com uma mistura de ervas maceradas e aplica sobre eles o sumo de uma raiz.

— A raiz tem dono. É o dono da raiz quem dá a força. Hoje vai ter eclipse, por isso estamos limpando o sangue. A lua vai menstruar.

Ana queria perguntar como é que eles sabiam que naquela noite teria um eclipse, mas se calou. Sem o relógio, o calendário, o google, se sentia perdida e ignorante sobre quase tudo. Coisas que para os indígenas eram evidentes para ela se inseriam na categoria dos mistérios primordiais.

Kamaka completa:

— Cuidado, menina, no eclipse o sangue pinga do céu como chuva e tudo se transforma: os animais se transformam, cobra vira peixe, tatu vira arraia, homem vira mulher e é preciso acordar o mundo outra vez.

Canarana

Canarana é feia como uma cidade do interior do Mato Grosso pode ser. Em seu brasão soja e gado, gado e soja — a obsessão do Brasil —, duas mãos que se cumprimentam e os dizeres: *"unidos venceremos"*. Quem unidos? Vencer o quê? O mato? O atraso? A pobreza? Os índios? Pelos punhos no desenho vemos que são mãos de homens, brancos. Nos confins do território, a noção de progresso, esse trem descarrilhado que corre em alta velocidade para o abismo, é perseguida com fé cega. E é um arremedo de progresso, com ruas encardidas, picapes de uma tonelada transportando um único ser humano e uma população de vinte mil chapéus de couro. E, a despeito de todas as operações policiais, drogas, um bocado de drogas pra combater o tédio das praças mortas e poeirentas. A praça do Kuluene e outros nomes indígenas de lugares vão sendo substituídos sistematicamente pelas alcunhas de seus cidadãos mais ilustres: vereadores orgulhosamente empossados, vices macilentos, prefeitos corruptos e seus xerifes, cidadãos beneméritos com suas panças em camisas suadas com ternos escuros sob o sol tropical. A mata vai sendo devorada, estradas cortam a terra e o capim amazônico, a tal canarana — cujo nome lembrou ao pastor luterano que fundou a cidade a terra de Canaã —, vai sendo exilado às margens dos rios.

Os primeiros indígenas que Ana viu foi ali. Circulavam pelo comércio comprando cortes de tecido, cordas, pilhas,

facões e outro tanto de coisas. As índias, de vestido de algodão modelo tomara que caia, iam analisando a qualidade dos produtos com crianças enroscadas em suas pernas. Entraram numa loja de material de caça e pesca e o pai puxou do bolso a lista de encomendas. Ia comprar os últimos presentes antes de embarcarem pra aldeia. Um indígena escolhia anzóis, um outro entrou, quase junto com eles, cumprimentando o primeiro:
— Bom-dia, parente.
— Oh, meu parente!
— Como vai?
— Eu vou bem, parente. E você?
— Tudo bem, parente. E meu primo?
— Tá bem, parente. A mulher?
— Tudo bem. E os filhos?
— Todos bem.
— Então tá, parente.
— Tudo bem, então.
— Tchau, parente.

O dono da loja, reclinado sobre sua caixa registradora, observa os dois entre divertido e enojado, como se olha duas crianças pouco capazes em algum debate absurdo. A pele morena dos indígenas, pra aquela gente, parecia apenas encardida, sua fala povoada por códigos de conduta, apenas trôpega. Os soldos, porém, eram sempre bem-vindos e a máquina registradora arreganhava a boca e os mandava pra barriga sem distinções.

Ana assiste à cena desconcertada.
— Todos os indígenas se reconhecem como parentes — explica o pai.
— Tá, mas por que eles falam em português entre eles?
— Ah, no caso os dois são xinguanos, mas de etnias diferentes. Provavelmente eles não falam a mesma língua e acabam se encontrando no português, mas à maneira deles.

— Então eles nem são parentes mesmo?
— Podem ser até inimigos históricos, mas agora, diante dos brancos, eles reconhecem sua irmandade. E aqui, no Alto Xingu, muitos são parentes mesmo, através dos casamentos interétnicos. As línguas e outras coisas podem ser diferentes, mas têm muitas coisas em comum nos rituais, na música, na espiritualidade...
— Vai dizer que vocês são desses malucos que vão lá pro meio dos índios? — interrompe o dono da loja, como se tivesse chupado limão.
— Vamos sim, hoje ainda.
— E vai levar a moça? Ali só tem bicho e mato!
— Bem, tem gente também.
O homem ri e seu hálito de cerveja empesteia o ar.
— Claro, claro. Boa sorte, então. E cuidado com jacaré, menina!
Arreganha um sorriso e recebe o dinheiro entregando os anzóis.
— Posso dar o troco em balas?

Careta de Lua

À noite todos se reúnem no pátio. A aldeia está agitada, a lua cheia espia lá de cima. Todos aguardam, cheios de expectativa. Quando a sombra negra começa a manchar sua face, as mulheres gritam e vão cobrindo com polvilho branco o rosto das crianças. Os homens fazem o mesmo, mas com carvão.

— Rápido! — dizem uns pros outros. — Pro sangue da lua não manchar seu rosto!

Ana está encostada junto à trave de futebol; Padjá se aproxima com uma cuia, no passo ligeiro das mulheres, e lhe polvilha o rosto. Maru vem a reboque, a cara já toda branca, como uma lua cheia.

— A lua está fazendo careta, todos os bichos-espírito estão se encontrando! — diz ele, excitado.

— Vem, Ana! Vem pra junto dos outros. Hoje os mortos também estão reunidos, mas quando aqui é noite, lá, na aldeia deles, ainda é dia. Amanhã eles também vão dançar, como nós — diz Padjá.

— E os mortos têm corpos?

— Ah, têm sim! Mas o corpo deles é bonito, no mundo dos mortos todos ficam jovens de novo, como você. Mas não anda por aí sozinha, é perigoso!

Padjá corre pra outra menina com sua cuia de polvilho.

— Minha mãe diz que se a gente for pra roça durante o eclipse pode ver as mandiocas dançando.

A lua já estava metade negra e as estrelas faziam festa no escuro. Os dois amigos olhavam a confusão, os homens entoando cantos, as pessoas batendo nas coisas, acordando o mundo. Um rapaz passa por eles, cantarolando.

— Acho que essa foi pra você — Maru ri baixinho.
— Por que, o que ele disse?

Maru levanta os ombros e é Yakaru, que vem chegando, quem traduz:

— *"Menina casa comigo, que eu sou trabalhador; de manhã não vou pra roça, de tarde também não vou; de manhã faz muito frio, de tarde muito calor."* Posso sentar?

Sem dar tempo pra resposta, Yakaru se instala, um pouco mais perto do que Ana esperava. Um arrepio percorre seu corpo. Ele puxa conversa:

— Já vomitou, Maru?
— Não, mas amanhã eu vou — e franze a cara.
— Sei. E arranhar, vai também? Ou vai fugir de novo?

Ana se intromete:
— Vomitar?
— É. Tem que arranhar e beber raiz pra vomitar. Assim a gente se limpa por dentro e por fora.

Ana vê a vermelhidão do seu corpo, uma palpitação nos riozinhos de sangue marcando a pele recém-escoriada. Yakaru nota que a menina observa seu corpo com atenção e se ajeita melhor no tronco. Estende o assunto:

— Amanhã muita gente vai ter dor. Principalmente as crianças pequenas. É flecha de bicho-espírito. A vantagem é que os pajés ficam baratinhos, passam curando por uma barra de sabão, uma caixa de fósforos, anzol. Normalmente pajé é muito caro, mas depois do eclipse tem promoção!

— Mas como é essa coisa da lua menstruar, Yakaru, o Lua não era homem?

— É verdade, Sol e Lua são homens, mas no eclipse ele vira mulher, menstrua e entra de resguardo... Não sei, não.

Eles contemplam o mistério. Bem que Kamaka disse que no eclipse tudo se transforma. Yakaru volta a falar, afoito para compensar sua ignorância anterior:

— Dizem que um dia tentaram queimar Guetí, o Sol, que andava com seus parentes pela beira do rio. Os homens trouxeram tochas e o Sol pulou dentro d'água, mas seu irmão, Mune, foi pego desprevenido e ficou torrado. Por isso que a beira do barranco grande é toda vermelha, foi ali que queimaram o Lua.

— Mune já morreu uma vez. Por isso a luz dele não é tão forte e não tem calor. Guetí, que nunca morreu, é mais poderoso! — emenda Maru.

Os três olham pro céu, agora totalmente escuro, à parte o brilho das estrelas. O mundo para por um momento e um silêncio raro percorre o pátio. A noite está fresca, mas Ana pode sentir claramente o calor febril que se desprende do corpo arranhado de Yakaru, a pele dele quase roçando a sua.

Aterrissagem

O pequeno avião de quatro lugares em que embarcam parece de brinquedo. Ao lado do piloto vai o chefe Kamaka e, atrás, Ana e seu pai. Kamaka é tão grande que mal cabe na cabine; forte e mais alto que a média dos xinguanos, o grande lutador parece uma criança ao voar. O trajeto, tantas vezes repetido, é acompanhado sempre do mesmo assombro, do mesmo deleite. Em seguida, o menino vai dando lugar ao homem e às suas inquietações, cada vez mais sérias. Lá de cima é possível ver o avanço do desmatamento das fazendas com assombrosa clareza. O território indígena é um oásis verde em meio à terra nua de pastos. O pai de Ana aproveita pra dar uma boa olhada de cima e tomar notas.

— Você está vendo onde eles escolheram pra fazer a barragem? — pergunta Kamaka.

— Sim, ali em cima do rio Xingu — aponta o pai.

— Pois é, eu estou muito triste, pois para nós foi ali que aconteceu o primeiro Kuarup, parece que os kaigahas adivinharam. Esses brancos... Foi ali que começou a nossa história, mas eles não têm respeito, destroem tudo — e bate na perna com tanta força que nos faz pular. É possível sentir a resistência do ar contra a máquina.

— É, impressionante como aumentou o desmatamento em volta do parque do ano passado pra este...

— E agora essa hidrelétrica! Se os brancos não querem

enxergar que o rio tem espírito, pelo menos podiam pensar que ele é nosso mercado. Não é ali que a gente vai buscar a nossa comida? Isso eles entendem, não entendem?

Ana olha as voltas elegantes do rio Xingu em meio à floresta densa. Ele se divide e reencontra, abre os braços, abraça os rios menores, forma ilhas e praias e se reinventa em mil desenhos possíveis. O piloto segue calado, de camisa branca social e óculos muito escuros, masca chicletes e faz seu trabalho. Deve ser o mesmo que leva os fazendeiros para seus leilões de gado e os casamentos das filhas em São Paulo, e Kamaka bem sabe. Insiste:

— O meu avô não se preocupava com as matas, os rios, os animais. Não tinha todas essas fazendas espremendo a gente, essas máquinas de chupar água. Antes não faltava nada, agora eu preciso me preocupar com o que essas crianças lá embaixo vão comer.

O vento balança o avião, Ana se sente um mosquito tentando voar em direção a um ventilador.

— O rio era fundo, agora está ficando raso. Por causa dos brancos os espíritos estão indo embora!

Em resposta, o piloto faz uma curva mais ousada que acaba calando o chefe. Ana se segura com força demais na alça da porta, formando um vinco vermelho na mão. Quanto mais se aproximam da aldeia, mais estonteante a vista, as lagoas espelhando nuvens de seda, bandos de papagaio enfeitando o céu.

— E a pesquisa, como tá indo? — quer saber Kamaka.

— Tá indo bem. Achamos muita cerâmica e estamos terminando o desenho da aldeia antiga. Podemos ir até lá quando você quiser.

— Hum, vou sim — e Ana tem uma ligeira impressão de contrariedade. Será que ele se incomodava que seu pai revirasse tanto as entranhas da terra? — Agora preciso cuidar do Kuarup que já está bem perto. Vamos receber muitos parentes. Minha filha Kassuri vai sair da reclusão. E já que você trouxe a sua, quem sabe não arrumamos um casamento pra ela também?

O riso dele é um trovão destoando em graves do azul-piscina do céu. O pai também sorri para o homem espremido na cabine do avião de playmobil. Ana acha menos graça no fato de estarem lhe agenciando um casamento antes mesmo de pisar em solo, mas o chefe torce o corpo para dar uma espiada nela e seus olhos são de uma benevolência irresistível, os mesmos olhos que fulminavam há pouco a barragem no rio Xingu e lançavam fagulhas sobre os pastos amarelos. É um grande chefe. Seu chapéu de pele de onça e sua magnífica coleção de colares de caramujo sobre a camisa polo confirmam.

Uma nova clareira aparece lá embaixo. As casas de palha formando um círculo e vários pequenos caminhos que partem dele, como os raios de um sol desenhado no papel. No pátio, um pouco deslocada do centro, a Casa dos Homens e outra, bem pequena, ao lado da casa maior: a casa dos hóspedes. Nova curva fechada e eles estão alinhados com a pista de pouso. Crianças correm acenando; a cada segundo é possível ver mais coisas de perto: as pessoas erguem a cabeça nos caminhos saudando o pássaro de ferro, a massa verde da floresta começa a ter cara de folhas, galhos e troncos, dos mais diversos tipos e formas, bacias e bicicletas aparecem, os detalhes se precipitando vertiginosamente pra dentro dos olhos, *tuuuuuuuffffffffff!* O teco-teco mergulha no solo e logo corre sobre as rodas. *Tec, tec, tec,* faz a hélice antiga terminando o compasso.

As crianças já se precipitam pra recebê-los, mulheres com bebês de colo pendurados nas ancas, homens fortes de torsos nus: o bojo do avião carrega passageiro ilustre. Desce o chefe, recém-operado do joelho esquerdo: um pé, outro pé. Lá fora suas duas esposas o aguardam, seu filho Muneri se aproxima de braços dados com a ausência do primogênito e uma mágoa turva o semblante de Kamaka. O chefe ainda é forte, sua liderança, respeitada, mas já não pode lutar, e o filho que estava formando pra lhe suceder não está mais entre eles, morto prematuramente durante a reclusão de preparação pra chefia. Takã, sua filha mais velha, também se aproxima; Kassuri, a caçula, não pode sair. Não ainda.

O pai descarrega as bagagens e mantimentos do minúsculo bagageiro. O piloto fuma um cigarro, impaciente, recebe seu dinheiro, depois joga a bituca no chão, que esmaga com a sola da bota e parte tão cedo pode. Logo começa a distribuição de presentes: Diamurum, a primeira esposa do chefe, leva as miçangas, Padjá, a segunda, vem buscar os panos, os homens vão repartir os anzóis, o pai de Ana entrega uma encomenda especial de sutiãs pra Takã, capitã do time de futebol feminino, pilhas pra Muneri, o segundo filho do chefe, e assim por diante. Alguém pergunta seu nome.

— Ana, meu nome é Ana.

— Anakinalo! Anakinalo!

Entre aturdida e fascinada, exausta e ao mesmo tempo insuflada de vida, olha as crianças de pele morena e olhos brilhantes que riem, a cutucam e voltam a rir. Peidam, falam numa língua que Ana não conhece, fazem graça e riem de novo. Todas nuas, em estado permanente de curiosa excitação. A chegada. Projetada no futuro numa máquina do tempo, Ana pode ver a cena como se fosse uma lembrança intacta e tem a certeza de que aquele momento nunca mais se apagará de sua memória.

Flechas invisíveis

Abre os olhos. A rede do pai está vazia. Agora saía cada vez mais cedo e voltava cada vez mais tarde do sítio arqueológico. Apressava a pesquisa, antes que a agitação do Kuarup tomasse conta de tudo e o impedisse de avançar conforme o planejado. Se habituara ao ritmo dos indígenas, que se levantavam antes do sol, tomando o primeiro banho do dia no romper da madrugada. Ana tinha calafrios só de pensar na temperatura da água naquele horário. Costumava ir mais tarde, no meio da manhã, quando o sol já tinha esquentado a Terra. Também gostava de tomar banho sozinha, fugia dos banhos coletivos na hora do rush. No horário em que ela ia ao rio, apenas uma ou outra criança a seguia, alguma menina vinha buscar água pra mãe. Apreciava aquele breve momento de intimidade e sossego, no mais, a vida toda na aldeia era um exercício infinito de sociabilidade.

Ainda olhava com forte desconfiança as margens lodosas do rio, mas já sabia escolher os lugares menos pegajosos onde pisar e evitar os pontos de correnteza forte. Já não tinha medo de voltar sozinha pelo caminho, a toalha numa mão e o sabonete na outra, já não se sobressaltava tanto com os ruídos da mata, o farfalhar rasteiro dos lagartos, os pássaros que levantavam voo em surpresa sacudindo os galhos. No Alto Xingu tem muito bicho. Como os habitantes ali não comem carne vermelha, só peixe e alguns tipos de aves, os bichos não têm medo das pessoas, andam à vontade por todo lado. É possível ver cutia, paca, tatu e até veado, às vezes bem perto da aldeia.

O mais perigoso de andar sozinha não são os encontros com os animais ordinários, mas ser flechado por um katsek, um espírito da floresta. A gente enxerga os katseks em forma de bicho: beija-flor, jabuti, coruja, mas eles se veem como humanos. Os katseks têm flechas microscópicas que entram no corpo da pessoa e a separam de seu duplo, seu corpo espiritual. Eles não fazem por mal, podem te flechar por susto ou até por curiosidade, desejo de te atrair pra si. O seu duplo, uma vez capturado, passa a viver na aldeia do katsek que o atingiu. Então é preciso contratar os serviços de um pajé que, através da sucção, é capaz de extrair as flechas do espírito de seu corpo e reintegrar seu duplo ao universo humano.

O despertador de Ana pra tomar banho não era Guetí, o Sol, mas Padjá, peneirando farinha pra fazer beiju. Naquela manhã, no entanto, em vez de preparar comida, ela jogava fora.

— O que você está fazendo, Padjá?

— A lua viu isso, não pode mais comer, está envenenado com o sangue dela. Tudo que a lua tocou no eclipse a gente tem que jogar.

Os restos de comida dispensados por Padjá se acumulam diante da porta dos fundos da casa. Ana pensa no trabalho do pai. Aquelas lixeiras familiares (a área atrás das casas onde o lixo doméstico é jogado), que alteravam o solo de maneira circular, acompanhando o desenho das aldeias durante milhares de anos, eram o objeto principal de sua pesquisa. Os restos de espinha de peixe, cascas de mandioca, cinzas, carvão, sobras de mingau e beiju eram a própria matéria-prima da preciosa Terra Preta de Índio, cheia de cálcio, magnésio, zinco, manganês, fósforo e carbono, que tanto fascinava os pesquisadores pelo mundo afora. Parece que o café da manhã de hoje vai ficar pros arqueólogos de amanhã, pensa, sonolenta e pesada.

Aos poucos, imagens começam a emergir das águas turvas de sua cabeça: sonhos estranhos a habitaram naquela noite. Sonhara que, ao mergulhar no rio, um peixe prateado tinha entrado por sua vagina. Ao sair do rio vira que sua barriga tinha se tornado transparente, como um aquário no qual era possível ver o peixe que dançava, preso na armadilha do seu corpo.

— O eclipse é a menstruação da lua. Se a mulher tem sangue — retoma Padjá, olhando pra ela em tom de alerta —, não pode fazer comida nem trabalhar.

De fato, a sua menstruação não deve tardar, e a outra parece saber perfeitamente. O corpo é social. Ana se incomoda que seus processos corporais sejam tão legíveis para a outra e, não raro, se sente mais nua que as mulheres de seios de fora e uluri — as minúsculas tangas femininas feitas de casca de árvore e presas ao cinto por um fio dental de buriti.

— Vou sair.

Ana se afasta da vigilância da mulher que termina sua busca pelas coisas contaminadas pela lua. Seu único desejo é ver Kassuri. Pesa em seu peito a ideia de que a amiga esteja desapontada. Mais do que isso, lhe faz falta espiar o contorno perfeito de seu corpo, sentir a quentura de suas mãos, seu sorriso dissimuladamente recatado, as palavras inventadas através da palha. Mas não sabe como reatar aquele fio, dividida entre a vontade de estar com ela e o prazer que o desejo de Yakaru lhe desperta. Nunca apreciara tanto a companhia de alguém como a de Kassuri, aquela menina que nem sequer falava sua língua, e ninguém nunca a olhara com aquela fome com que Yakaru lhe botava os olhos.

Parede de palha

O sol já se punha. O pai amarrou sua rede entre duas vigas; em seguida, segurou cada uma das cordas soltando o peso do corpo, pra testar a amarração.
— Pronto.
Ana pendurou a mochila numa forquilha ao lado, bateu os sapatos um contra o outro pra descolar a terra das solas e sentou. Parece que aquele ia ser seu quarto pelos próximos tempos. Enquanto o pai amarrava sua própria rede na pequena casa de hóspedes, formando um ângulo de noventa graus com a sua, pensava em quanto essa proximidade e a falta de uma porta que a isolasse do resto do mundo eram desconfortáveis, mas teria que lidar com aquilo. Tirou as meias suadas, pescou uma toalha do fundo da mochila pra usar de travesseiro e se recostou. Fechou os olhos e escorregou, quase que imediatamente, pra dentro de um sono sem sonhos. Estava exausta. Do choque, do velório, do enterro, das visitas, dos preparativos, da viagem... Duas horas se passaram sem que ela movesse um músculo. A última semana parecia ter durado meses e aquela era a primeira vez que dormia pra valer desde a morte da mãe. A noite chegou de mansinho e com ela uma friagem que se insinuava por baixo da rede, penetrando pela trama do algodão.
Acordou aturdida, a noite feita, sem se lembrar de onde estava, como acontece quando caímos num sono tão profundo que os últimos acontecimentos desaparecem da nossa

mente enquanto voltamos, pouco a pouco, pra superfície. A primeira coisa que viu, sob a luz bruxuleante, foi uma viga de madeira, alta, sobre a qual se apoiavam, num belo desenho geométrico, outras madeiras mais finas, por sua vez caprichosamente recobertas de palha. A palha tinha um cheiro agradável, e, em algum lugar, uma fogueira estava acesa. O que fazia dormindo numa rede? O braço estava dormente e as costas doíam. Sentou-se com dificuldade, a cabeça pesada, e amassou a mão, que mais parecia um bife colado em seu corpo, tentando fazer o sangue circular e trazer de volta a sensibilidade dos dedos. Aos poucos as cenas da viagem iam ganhando cores. Certo, acabara de cruzar o país e estava numa casa de palha, no meio de uma aldeia do Parque Indígena do Xingu — o que poderia ser mais natural? Pensou, girando a cabeça e estalando o pescoço.

— Você tem que dormir atravessada na rede, na diagonal, assim a sua coluna fica reta. E os punhos da rede não podem estar embaraçados senão ela não abre direito — disse o pai enquanto assoprava o fogo. — Também é bom sacudir a rede antes de deitar. E os sapatos antes de enfiar o pé, pode ter algum bicho dentro.

Ana estica as mãos em direção às chamas tímidas que começam a se animar e as esfrega, espalhando o calor pelo corpo.

— Toma, pega essa coberta, mas coloca embaixo de você. As pontas você joga por cima do corpo, como um casulo, assim o frio não entra.

Ana agradece com um pequeno aceno de cabeça. Observa o pai que, depois de alimentar o fogo com galhos maiores empilhando-os pacientemente como um castelo de cartas, se levanta pra acender um lampião, e se admira com as suas habilidades. A fumaça parece avivar o cheiro doce da palha. O fogo é bom, bonito de ver.

— Pai?

— Hã?
— O que significa "umaeíntsagu" que eles todos falam? É tipo "oi"?
— Uemã entsagüe? É, é uma forma de cumprimentar quando você encontra alguém. Ao pé da letra quer dizer: "O que você está fazendo?".
— Ah. E a pessoa responde?...
— Nhalã.
— Isso. O que quer dizer?
— Nada.
— Quer dizer "nada"?
— Sim, literalmente quer dizer "não" ou "nada".
— Mas eles sempre respondem "nhalã".
— Sim.
— Tá, mas e quando você está fazendo alguma coisa?
— Bem, a resposta é essa mesma. Até quando você encontra alguém que está trabalhando na roça ou tecendo, fabricando uma flecha...

Ana fita o pai:
— É estranho, não?
— Na verdade, eu gosto muito disso. Pra mim parece que essa resposta quer dizer: "Não estou fazendo nada mais importante do que falar com você agora, do que te receber".

Centenas de insetos se amontoam sobre a lâmpada do lampião. Quantas noites até que ela se habitue aos sons deste lugar? Ana se vira na rede e vê os besourinhos de casca preta, os marimbondos no teto, as formigas aladas, as mariposas cor de prata, os mosquitinhos em volta do lampião. Lá fora todos os novos sons da vida em comunidade: choros de criança, estalos de brasa, cochichos de rede. E mais: um animal que vaga? Uma fruta tombando do pé? Chiado de vento? Exausta, na quietude sinfônica da noite, espera o abraço do sono. Ouve ainda: sapos, algum pássaro noturno e o seu coração.

Anakinalo

Ana tentava escrever em seu novo caderno, mas a tarde cozinhava tristeza em banho-maria. Padjá esquentava água pra um café, lá vinha café fraco e melado. Muneri entrou trazendo um recado pra mãe. Falava sempre daquele jeito manso, pausado, as palavras em sua boca pareciam música. Quando terminou, uma pergunta que andava martelando a cabeça de Ana veio à tona:

— Padjá, por que todos me chamam de Anakinalo?

— Anakinalo... Ela era a filha de um grande tocador de flauta.

Padjá aproveita a presença do filho, que domina melhor o português pra lhe contar a história. Sem precisar catar as palavras, ela fala à vontade e Muneri vai traduzindo. Conta que o flautista, ao morrer, deixou o povo consternado, pois levava com ele os conhecimentos que não pôde transmitir a um sucessor: só tivera filha mulher e as mulheres não podem se aproximar das flautas. Explicou que as músicas fazem o mundo girar, recriam o tempo, dão carne às histórias, voz aos espíritos e têm o dom de curar.

— Quem fez as primeiras flautas, muito tempo atrás, foram duas mulheres, amantes de um jacaré, que fizeram uma aldeia junto do pé de pequi — Ana olha de esguelha para Muneri lembrando da aventura na lagoa —, mas os homens, enciumados, roubaram as flautas. Hoje as mulheres não podem ver as flautas sagradas, as mais especiais, sob o risco de serem estupradas por todos os homens da aldeia.

Ana solta um grito, Padjá assopra o fogo e vai coar café.

— Quando você vê algo, essa coisa entra dentro de você, mas seus olhos também atingem a coisa, você entende? — pergunta Muneri.

Ana não sabia se entendia.

— Por isso as flautas moram dentro da casa dos homens — diz Padjá, apontando a casa solitária lá fora, dentro da circunferência do pátio, e continua a história:

— Aconteceu que uma noite, depois da morte do velho, suas flautas que estavam mudas começaram a cantar no escuro. Todos ficaram assustados, achando que eram os espíritos que falavam através delas, fazendo as melodias do mestre flutuarem pela noite. Muitos se fecharam em casa, assustados, mas os corajosos se levantaram e foram até a casa dos homens pra espiar.

Padjá gesticulava como os personagens, grande contadora de histórias que era. O sol desenhava feixes cristalinos de luz entre frestas da palha e Ana foi, aos poucos, esquecendo a tristeza.

O cheiro de café se espalhava pela casa.

— Quando chegaram lá, viram que quem tocava as flautas era Anakinalo. Ela tinha aprendido as músicas de seu velho pai. A aldeia se agitou: como ela pôde entrar na casa dos homens, ver os segredos deles, tocar as flautas tão proibidas? Decidiram pela pena máxima: ela seria enterrada viva. Cavaram um buraco e colocaram a moça dentro. Seu namorado, escondido, assistia a tudo, e, quando os outros foram embora, entregou pra Anakinalo, por um buraquinho que fez, um chocalho e uma concha. Com a concha ela cavou um túnel debaixo da terra, pra longe da sua aldeia, ao mesmo tempo, ia tocando o maracá pra que o namorado escutasse e soubesse onde ela estava.

Padjá olha a menina.

— Essa é a história da Anakinalo, que foi morar em outra aldeia, longe daqui, e que perdeu os cabelos por passar muito tempo debaixo da terra. Dentro da terra é muito quente — termina despejando o café na garrafa térmica.

— Anakinalo... — repete Ana, os olhos perdidos no vapor que dá voltas no ar.

Pega o caderno e a caneta, começa a escrever. Dentro da tarde, no bojo da garrafa, o café quente e doce de Padjá. Ela tinha quinze anos, era uma garota e o mundo não parava de crescer.

II

SOB A TERRA

"O passado é um país estrangeiro, um território estranho, ao qual jamais poderemos retornar."

Eduardo Neves, arqueólogo

Descargas elétricas

Eu estava ensopada de chuva, as pernas bambas por causa do esforço. Meus braços tremiam e as pálpebras também, num tique involuntário. Parecia que tinham me jogado dentro de uma máquina de lavar, mas esqueceram de centrifugar. A tempestade tinha sido assustadora. É curioso, num instante a floresta parece tão sólida, com árvores gigantes formando um telhado verde que mal deixa passar a luz e no outro — *paffff!* — despencam lá de cima com a água e o ar... Afinal, uma tempestade não é nada além disso, ou é? Quando as descargas elétricas começaram, eu não pude deixar de pensar em todas as histórias que já ouvi sobre pessoas atingidas por raios. Incrível como, em situações de perigo, na hora a gente não consegue pensar direito e, depois, a adrenalina faz a gente pensar até mais rápido. É o corpo da gente que pensa. Na floresta tudo passa pelo corpo. Na cidade, com as paredes de cimento, os para-raios, o edredom, nós ficamos protegidos, alheios, tudo é meio que amortecido. Basta esperar a chuva passar fazendo pipoca: as gotas batem nas janelas e escorrem pelos vidros enquanto o milho estoura na panela. Aqui não, elas batem na gente, e com força.

Ainda bem que Maru ficou comigo. E eu que, por um momento, tive a audácia de pensar que ele era um menino pequeno sob minha responsabilidade! Foi Maru quem me salvou, quem me fez companhia, me esperou no rio e trocou de bicicleta comigo quando eu não conseguia mais pedalar a de carga. Sem ele ali, com certeza eu teria entrado em desespero. É incrível como esse menino calado inspira calma na gente; aqueles olhos pequenos já viram outras tormentas. Se despediu com aquele olhar de quem dispensa as palavras e foi caminhando pra sua casa, mais adiante, empurrando sua bicicleta prateada, grande demais pra ele, e me deixou parada diante da minha.

Casa, engraçado falar assim daquela cabana de palha de trinta metros quadrados e chão de terra batida, mas era assim que eu me sentia ali. Menos de um mês depois de chegar ao Xingu, aquela cabana tinha se tornado um lar. Pelo dicionário, lar significa local da cozinha onde se acende o fogo, a lareira, a superfície do forno onde se assa a massa do pão (ou do beiju, no caso). Também pode significar ninho de aves ou covil de animais. Vem de *lares*, que para os etruscos e antigos romanos eram os espíritos protetores da família e da casa. Eu sempre gostei de dicionários. Coloco a mão no fogo que podem ser muito divertidos. É incrível o número de palavras curiosas que não fazemos ideia que existem, mas é ainda mais surpreendente como as palavras comuns, aparentemente banais, são carregadas de passado e sentidos, como se tivessem uma alma oculta. Eu pesquisei a palavra *lar* quando nos mudamos, em São Paulo, mas lá, bem, com o fogão a gás e todos os cômodos brancos, a descrição parecia realmente obsoleta. Aqui não. Nunca antes eu tinha tido tanto contato com fogo. Nem com espíritos.

Com o céu ainda cinza, era possível ver a luz amarela das chamas que saía pelas frestas das paredes de palha. Consegui controlar a tremedeira (nada como pensar em etruscos, antigos romanos e dicionários), abandonei a bicicleta pesada no chão com as roupas enlameadas amarradas na garupa e entrei. Uma alegria incomum reinava lá dentro: dois fogos tinham sido acesos e metade dos moradores da casa do chefe estava ali: suas duas mulheres, as cunhadas com os maridos e crianças. Moram em cada casa alguns núcleos familiares, parte de uma família maior. Na aldeia são quase quinhentas pessoas distribuídas em catorze grandes malocas. O homem, quando se casa, se não tem outras esposas, durante os primeiros anos do casamento mora na casa de seus sogros e trabalha pra eles. Aqui, meu pai me explicou, não são os pais da noiva quem pagam o dote de suas filhas, como a gente lê nos livros antigos, mas o marido que paga por receber uma esposa, plantando uma roça para os pais dela — o que faz muito mais sentido.

Um bebê de colo mamava, guloso, no seio de uma moça que estava sentada muito à vontade na minha rede-cama. Sorri pra ela ao mesmo tempo em que agarrava o pezinho gorducho da criança — e pensar que quando eu cheguei aqui a falta de uma porta que separasse o meu quarto do mundo me dava quase taquicardia. A casa de hóspedes era muito menor que uma casa tradicional tanto em comprimento como em altura, e criava entre as pessoas reunidas uma proximidade festiva na confusão dos corpos se secando junto ao fogo — como quando, na cidade, acaba a luz de repente e a gente esbarra os cotovelos na busca por fósforos e velas e acaba encontrando risos e assuntos entocados nos armários. Quando entrei, sabia que devia ter a aparência de um pinto molhado e já esperava as chacotas habituais.

— Anakinalo! — explodiram em gargalhadas.

De qualquer maneira, não é muito difícil despertar o riso dessa gente. Se esse país maluco não fizesse questão de ignorar absolutamente tudo sobre os indígenas, poderia existir uma expressão popular do gênero: "Vai ser bem-humorado assim lá no Xingu!". Pelo menos agora, quando me chamavam de Anakinalo, eu sabia quem tinha sido minha xará e até sentia orgulho do apelido. Havia algo de heroico naquela mulher que tocava flauta à revelia dos homens, as flautas que os homens roubaram das mulheres no tempo antes do tempo. Me cabia bem aquela personagem maldita, de destino trágico, em exílio. Mas naquela tarde eu olhava pra eles, exausta, com minha pele de tapioca, meus cabelos curtos e empapados, e eram tantos os dentes reunidos, tantas línguas dentro das bocas, tantas mãos que se agitavam e palavras incompreensíveis que diziam, que, pela primeira vez, o som das risadas me pareceu nefasto: "Anakinalo, Anakinalo!", repetiam as crianças como uma sentença.

Foi quando me lembrei de que ela também devia estar ali e meus olhos se puseram a esquadrinhar, nervosos, cada canto da casa, cada visitante, cada corpo agachado junto ao fogo. E então, no fundo mais escuro, iluminado ora sim, ora não pela luz inconstante das chamas, numa rede que antes não estava lá, eu a vi. Ela olhava diretamente pra mim, como se estivesse apenas à espera de que eu a encontrasse. Tinha aquele olhar intenso, terrível como duas brasas, sempre brincando de esconde-esconde entre os cabelos, com a franja já batendo no queixo, e aquele sorriso de marfim que iluminava o escuro à sua volta. Agora sim, depois de escapar da tempestade, era como se um raio me atingisse. Só então tive vergonha de minha aparência ridícula, derrotada pela chuva. Senti meu rosto enrubescer e um formigamento tomar conta das palmas das mãos e das plantas dos pés. Fiquei contente que Maru não estivesse ali para testemunhar meu estado com seus olhos de jaguatirica.

O que poderia servir de desculpa para me aproximar dela? Uma toalha, um cobertor? As crianças pequenas, nuas e amontoadas, pareciam sim, como eu, ter frio, saltitando de uma perna para a outra e esfregando as mãos feito grilos, mas ela não. Parecia divertida com o incidente e a mudança inesperada de cenário, a breve interrupção em seu longo isolamento. Ao mesmo tempo em que uma aura de mistério a envolvia — em seu afastamento, na delicadeza de seu corpo jovem guardado como uma joia pelas mulheres mais velhas —, com um pé de menina ela tocava o chão, dando pequenos impulsos pra balançar a rede e observar a confusão.

Enquanto eu decidia se me aproximava e como (minhas pernas pareciam enraizadas no solo), uma das mulheres da família veio buscá-la. Ela se levantou da rede, obediente, e me jogou um último olhar. Procurei mágoa nos olhos dela, mas o que vi foi uma chama de orgulho. Ela mesma se desafiava a esperar com paciência pelo fim de seu longo resguardo, que eu nunca teria que suportar e que fazia dela superior. Se desafiava a conter seus desejos e impulsos, moldando-lhe na mulher xinguana que viria a ser. Eu era apenas uma branca, tola, sem bordas, à deriva de meus próprios sentimentos e dos alheios.

Tudo aconteceu tão rápido! O telhado da casa do chefe já estava reparado, jogaram um tecido por cima da cabeça de Kassuri e a tiraram dali. Padjá, com a mesma agilidade, desamarrou a rede da filha e partiu com ela debaixo do braço. Em poucos segundos não restava mais nenhum vestígio da presença de Kassuri naquela casa, só eu continuava plantada no mesmo lugar, com os braços caídos, pingando feito uma goteira sem conserto.

Laranjas sanguíneas

Ana se apressa pra subir o último lance de escadas. A alça da bolsa cede mais um pouco num estalo agudo de nylon. Ela abraça a sacola puída amparando os legumes já feridos — legumes de fim de feira — e aperta o passo, é tarde: a sacola cede de vez, espalhando as cabeças de alho no saguão, as laranjas sanguíneas rolam escada abaixo. Suas mãos estão geladas e adormecidas, aproveita o acidente pra apoiar os pacotes que restam no chão e esfregar os nós pálidos dos dedos, o vinco vermelho que divide a palma — o tempo mudou outra vez! — e parte à cata das laranjas. As escadas estão sujas como sempre: bolas de pelos de cachorro, cabelos e exoesqueletos de insetos — pra não dizer o pior. Abriga as frutas no bojo da saia, enojada, e tenta não pensar nos junkies que mijavam no corredor bebendo cerveja quente na quarta-feira passada. Ouve sons difusos vindos do apartamento em frente, sons de briga, de coisas se quebrando. Recolhe tudo, o pão ainda morno com a ponta irresistivelmente roída, o jornal cheirando à tinta, o resto da feira, luta com a chave que emperra sempre, empurra a porta com o pé e entra.

Esparrama as compras na entrada, a bolsa num canto, as chaves em outro e corre pra fazer xixi. O barulho da urina batendo forte na louça da privada a acalma, finalmente em casa. Puxa a descarga, emperrada de novo. Destampa o vaso e força o arame da boia, agora sim: o acorde final. Descalça os sapatos, as meias finas e úmidas, e junta tudo: a bolsa, as chaves, as compras, pra que possa circular dentro do apartamento mínimo. Liga o gás, abre a torneira e espera a água esquentar ao máximo, enquanto se despe espalhando peças de roupa sobre a pia e o chão do banheiro. No espelho roído de ferrugem depara-se com os grandes olhos esverdeados, cor de mel, os cabelos escorridos. O espelho se turva com o vapor e ela entra no banho. A água escorre, parca, sobre a pele lisa, sem marcas a não ser por uma nódoa de nascença, perto do umbigo. As paredes do banheiro estão descascando e um mofo negro como piche resiste a todos os ataques no canto do minúsculo box. Ela deixa a água alisar as pernas por um tempo indefinido que sempre lhe parece insuficiente e, com gigantesca força de vontade — mentaliza o gasto, a falta de água no planeta, as contas altíssimas —, desliga a torneira que reclama com os rangidos reumáticos das instalações antigas.

Ana estava morando na França e preparava seu mestrado. O estúdio em que vivia tinha quase o tamanho da casinha em que dormia no Xingu. Ali, porém, não era possível acender uma fogueira no centro: o forninho, a chaleira e a placa elétricas, além do aquecedor a gás, se dividiam pra cumprir algumas das funções do fogo do lar. Da janela, não se via o pátio castanho sob o céu translúcido cortado por pássaros de todas as cores; apenas um mar de telhados cinza, com suas chaminés cheias de fuligem, ninhos de pombos nos parapeitos e gatos errantes.

Escolhe uma toalha no armário e faz uma careta, sempre acha que cheiram a cigarro. Se enrola numa manchada de água sanitária, mas limpa, e desaba na cadeira em frente à escrivaninha. Diante dela, o computador, impassível, descansa mostrando imagens do espaço: uma foto aérea da Terra, a Via Láctea, Saturno e seus anéis, a Lua... As imagens dançam em tons repousantes de azul e âmbar, mas basta um toque no teclado pra que aterrisse de novo na Terra e as letras pretas pulem sobre o fundo branco: o arquivo da sua dissertação. Basta encostar no espaço pra que o laptop se pareça de novo com uma boca aberta, as teclas com dentes e o tempo sideral volte a ter horas e dias e prazos. Seca os cabelos.

Lá fora, a zeladora do prédio passa arrastando as grandes lixeiras verdes de rodinha; elas batem nas pedras do pátio fazendo um ruído surdo, que se multiplica de encontro às paredes do edifício. A tarde escoa rápida, os sons da rua mudando, as vozes lá fora, os carros na rua. Angustiada com a luz que se esvai, se levanta e escancara as cortinas, pena que os dias sejam ainda tão curtos. Lava os legumes amassados, pica-os com a faca meio cega e bota os pedaços na água pra cozinhar.

O barulho de chaves na porta a assusta. O namorado entra e, com ele, o capacete da moto, a jaqueta de couro e os envelopes pescados na caixa de correio, todos juntos, bloqueando a entrada e mais meia casa.

— Peguei sua correspondência!

Traz um cigarro entre os dentes, exercitando sua avançadíssima técnica de descalçar botas e meias sem as mãos. Os passos dela, leves, deslizam pela casa. Dois pra lá, dois pra cá. No meio do caminho perde a toalha, desfila as pernas finas, as nádegas lisas ainda manchadas de vermelho pela quentura da água e abre os armários. Ele pensa que ela nunca fecha as cortinas, mas não sabe se pra provocá-lo ou por pura indiferença. Serve-se de um copo d'água.

— Fica pra jantar?

— Agora não dá, subi só pra te ver, a próxima sessão começa em... doze minutos — olhando o relógio. — Quer assistir? Vim te chamar, é um filme bonito, de Bamako, sobre um grupo de meninas que, quando a música é proibida na aldeia delas, formam uma banda e começam a ensaiar com instrumentos imaginários.

— Hum. Não, eu não posso. Preciso escrever, preciso...
— Ok, já sei, já sei.
Ele solta a última baforada de fumaça dentro da casa, lhe estala um beijo na testa, esmaga o cigarro num pires e calça de novo as botas, agora com ajuda das mãos.
— Tem um pacote pra você aí — e bate a porta martelando com as botas as tábuas das escadas.

Feitiço de vento

Gritos no pátio me despertam de um sono agitado. Sinto uma pontada nas têmporas e o corpo dolorido; desço da rede, colocando os pés em terra firme, me arrancando do mundo dos sonhos em que mergulhei desde que cheguei aqui. *Tuc-tchac, tuc-tchac*, as imagens vão sumindo da minha cabeça, feito fiapos de nuvens, afugentadas por um som ritmado: Padjá está à porta da casa e espia o pátio enquanto descasca macaxeira. É incrível como ela faz: com um facão do tamanho de um braço, bate a lâmina de maneira paralela à raiz, torcendo-a em seguida por baixo da casca que se descola de uma vez. Aposto como em segundos vai dar conta da panela cheia. Lá fora se vê um reboliço anormal: um homem declama algo, numa entonação solene, numa sorte de comunicado público, que os outros escutam sem parar pra olhar. Ainda torta de sono, vou me sentar perto de Padjá.

— O que ele está dizendo?

Ela me ignora, tal qual fazem com o velho no pátio: uma ignorada tão ostensiva que não convence ninguém. Insisto, ela torce a boca — impossível lutar contra a minha curiosidade:

— Tá acusando feitiço.

— Feitiço?

— É. De vento. Eles acharam. Os pajés estão desmanchando.

— Feitiço de vento?

— Sim. Por isso muito vento. A moça que chegou no avião com o moço Kolene pagou — completa com seu português banguela.

Esfrego os olhos e boto a cara pra fora. O sol machuca. Aqui as surpresas são infinitas. Tenho de novo a sensação de quando cheguei, de que estou no meio de um sonho; tanto faz estar acordada ou dormindo. Padjá deve estar falando do jovem casal que desceu na pista de pouso ontem no fim da manhã, mas o sentido de suas palavras me escapa. Maru passa rente à casa que fica à direita da nossa, do lado oposto da casa do chefe.

— Maru!

Ele não para, mas faz sinal para que eu o siga. Vamos pelos fundos da casa, entramos na vegetação que cerca a aldeia e continuamos caminhando em silêncio. Me esforço pra acompanhá-lo, o chinelo enganchando nos tocos rasteiros amputados por facões, os carrapichos se agarrando à barra da minha calça de moletom. Felizmente paramos logo, numa clareira não muito distante da aldeia. Maru faz um gesto pra que eu me abaixe e não faça tanto barulho ao pisar (ele sempre acha que eu faço barulho demais, mesmo quando tenho certeza de não fazer nenhum). Escondidos atrás de um arbusto, observamos. Estão ali dois pajés, um mais velho e outro um pouco mais jovem, talvez aprendiz, sacudindo seus chocalhos — os maracás — e soltando grandes baforadas de fumo.

A presença deles é, ao mesmo tempo, sólida como troncos de árvores — os rostos marcados, as peles tostadas de sol, os pés golpeando o chão — e etérea — a fumaça azulada que sobe de seus cigarros, o som hipnótico dos chocalhos, suas vozes roucas e profundas evocando sabe-se lá que coisas. Um arrepio me percorre a espinha. Nas cabaças dos maracás, com movimentos precisos de suas mãos, pequenas sementes se agitam e tornam a repousar em seu oco, repetidamente, como se reorganizassem o mundo, feito um punhado de estrelas lançadas no espaço que voltam a encontrar suas órbitas. Quando um dos pajés se afasta, podemos ver um desenho espiralado riscado na areia.

— Desenho de vento! — sussurra Maru, arregalando os olhos.

O pajé mais velho se vira em nossa direção e afundamos o nariz nas ramas de abóbora que nos abrigam. Seus caules têm pelinhos que fazem cócegas e engulo um espirro. Maru aperta meu braço, de leve, e, quando o homem se vira, nos afastamos de cócoras.

A uma certa distância recebo permissão pra levantar e massageio as pernas doloridas.

— Ainda bem que o pajé não nos viu.

— Meu pai vê tudo.

Fico impressionada ao saber que meu amigo é filho do grande xamã.

— Maru, Padjá falou que uma moça encomendou o feitiço... Foi a que chegou ontem?

Ele sacode as folhas do corpo e acena com a cabeça em gesto afirmativo.

— Por que ela fez isso?

Meu pequeno guia não responde e volta a andar. Eu o sigo, claro, sigo Maru onde ele for, até de olhos fechados. Vamos por uma picada mais aberta, que nos leva de volta à aldeia. Observo seus gestos, as panturrilhas bem definidas, o jeito firme com que pisa o chão e tenho a impressão de que ele cresceu nas últimas semanas. Será possível? Ou foi aos meus olhos que ele ficou maior? Chegando lá, me aponta o centro da aldeia tomado de mulheres. Estão sentadas no tronco que serve como um grande banco pras deliberações coletivas ou de plateia pras atividades no centro da aldeia — rituais ou jogos de futebol. Até aquele dia, só tinha visto homens sentados ali, mas, naquela manhã, as mulheres dominam o pátio. Estão todas enfeitadas, com suas jarreteiras (as amarrações abaixo do joelho) e as pernas pintadas em complexos desenhos geométricos, pinturas de luta. A jovem que veio acompanhando o tal de Kolene está parada diante delas. Também tem pinturas pelo corpo, mas aguarda de cabeça baixa com os cabelos cobrindo o rosto.

— Elas vão lutar — diz Maru. Kolene escolheu sua mulher em outra aldeia e agora ela tem que lutar com as mulheres daqui pra provar seu valor.

É a primeira vez que verei a luta do huka-huka, e de mulheres! A primeira lutadora se levanta. A fila é grande e sinto pena da estrangeira diante de tantas rivais, ainda mais motivadas depois dela ter apelado pra um feitiço na tentativa de escapar do confronto. Essa coisa de feitiço, no Xingu, é complicada; por um lado me parece que eles execram os feiticeiros e seus feitiços, como se encomendar ou fazer feitiços se tratasse de uma atitude covarde, inferior, um golpe baixo; por outro, vejo que têm grande respeito por seus poderes, afinal, os feiticeiros, assim como os pajés, são capazes de manipular forças não humanas e isso não é pra qualquer um. Aqui no Alto Xingu "ser gente" significa "não ficar bravo", por isso os feitiços, em geral encomendados por ciúmes, vingança, ressentimento ou raiva, seriam pouco dignos de gente, mas também fazem parte do modo de ser xinguano há tanto tempo que com ele se confundem. Não ficar bravo exige um constante esforço, ser gente é uma construção permanente: estamos o tempo todo tentando permanecer humanos.

Maru me falou, em segredo, de algumas formas de feitiços. A principal matéria-prima deles são flechas minúsculas, atiradas por arcos em miniatura, que só os feiticeiros ou os espíritos possuem. No caso de um feitiço lançado por um espírito, basta que o xamã extraia a flecha invisível do corpo daquele que foi atingido, mas quando o feitiço é uma flecha lançada por um feiticeiro humano diretamente contra a vítima, ela não pode ser extraída e leva rapidamente à morte. Feitiços específicos também podem ser preparados colocando algo da vítima numa bolota de cera de abelha amarrada com fio de algodão. Quando o feitiço é desse tipo, fabricado com matéria física, o jeito de neutralizá-lo é encontrar onde ele foi escondido e colocá-lo na água pra esfriar. Existem diversos tipos de preparo: feitiço com pele de cobra amarrada a um adorno corporal da vítima provoca coceiras ou ardência na pele, um que contenha um pedacinho da carne de um cadáver pode causar gangrena ou paralisia dos membros. Fora os novos feitiços possíveis, frutos da tecnologia combinada com a criatividade do feiticeiro: a inclusão de um pedaço de fio elétrico pode causar choques e queimaduras, por exemplo. O preparo deve ser posto perto da casa da vítima, ou dentro dela, em algum pequizeiro de seu quintal ou sob o fogo de sua cozinha. O assunto me fascina e, pra minha sorte, Maru é um ótimo aprendiz.

O feitiço que vimos, porém, era de outro tipo: não era destinado a ninguém. Mexia com as forças da natureza, invocando ventos e chuva. Sua forma era um desenho na terra, feito com um antigo caco de cerâmica, e poderoso: a luta deveria ter se dado na tarde anterior, com a chegada do avião, mas a tempestade armada adiou o confronto. Olhando a fila de lutadoras que encara a visitante, não posso culpá-la, mas, agora que o ardil foi descoberto, não há escapatória: ela terá que enfrentá-las. Os homens guardam distância, ninguém se move, muito menos eu, ainda agachada junto a Maru, como quando olhava os pajés desfazendo o feitiço, outras mágicas. As nuvens ainda estão carregadas e a jovem mantém o rosto baixo. Depois do seu comportamento ousado, evocando forças sobre-humanas pra intervirem em sua disputa terrena, é esperado que ela demonstre vergonha e respeito. Segundo Padjá, pakirú, vergonha, e katími, respeito, nos lembram o comportamento desejável dos xinguanos: pacífico e previsível; temperamento de gente, em oposição aos de fora com suas atitudes de bicho: imprevisíveis e violentos.

A primeira rival se aproxima; a jovem levanta o rosto, os cabelos escorrem para os lados revelando um olhar ferino: acabou o recato, é hora de se defender com unhas e dentes. Se seu povo tem fama de feiticeiro, também são conhecidos como excelentes lutadores. Os alto-xinguanos estão ligados por uma série de princípios, crenças, festas, mas cada um dos povos que ali coabitam também faz questão de afirmar sua identidade e manter suas famas. Com as pernas separadas, meio flexionadas, os braços dobrados e prontos para o ataque, as rivais se encaram no pátio sob o olhar da aldeia; a luta começa. Em poucos minutos, pra surpresa geral, a visitante derruba a primeira adversária. A segunda rival avança, ainda mais feroz.

— *Hu-há, hu-há!* — gritam as mulheres em volta, imitando onças.

No huka-huka, tinha me explicado Yakaru, não é preciso derrubar de verdade o oponente, basta tocar a parte de trás dos joelhos que já indica que você poderia fazer isso, mas ela também derruba a segunda lutadora com vontade, o medo transformado em força. A poeira sobe no pátio: o chão já está seco da chuva da véspera e a luta esquenta, a moça transmutada em bicho. Uma a uma, ela derrota as mulheres da aldeia de seu noivo. Ainda falta Takã, a filha mais velha do chefe, meia-irmã de Kassuri e Muneri, capitã do time de futebol feminino. Takã é forte como uma rocha, tem os olhos rasgados, que espirram chispas amarelas, uma boca larga e porte de atleta, um páreo duro. Após enfrentar quase uma dezena de lutadoras, a visitante já dá sinais de cansaço e não me parece justo ela ter que lutar com Takã depois de ter dado o sangue nas outras lutas. Seu corpo transpira, deformando os desenhos já meio apagados onde o encontro com outros corpos roubou-lhe a tinta do jenipapo. Eu nem respiro, as duas se miram, longamente, se rodeando. A estrangeira é mais baixa, mas tem o quadril mais largo e as pernas fortes; é um pouco diferente das mulheres daqui. É fascinante ver cada uma, em posição de combate, medindo o valor da outra.

Começa a luta. Por longos minutos as duas tentam, sem sucesso, encontrar uma brecha na defesa da oponente, a concentração é total. Elas fazem movimentos rápidos de braço, como verdadeiras patadas de jaguatirica, buscando agarrar a perna da outra. Eu quase posso ouvir a respiração das duas, o ar se espremendo pra passar entre os dentes cerrados e saindo, áspero, por suas narinas dilatadas. Enfim se engalfinham, ajoelhadas no chão, a cabeça de uma some entre os braços e o tronco da outra, formando um só corpo de quatro patas.

— *Hu-há, hu-há!* — as mulheres se exaltam.

Com um gesto ligeiro, a moça agarra a perna esquerda de Takã. As outras se calam. Acabou. Apesar do feitiço, do medo, da chuva, a noiva de Kolene acaba de derrotar uma a uma todas as lutadoras que a desafiaram. Em poucos segundos o pátio se esvazia. A jovem permanece sozinha, imóvel, suada e ofegante feito um peixe fora d'água, engolindo bocados de ar. Nem ela deve acreditar que terminou, que não precisa mais lutar, que venceu.

O resto da aldeia segue olhando de longe e as lutadoras derrotadas começam a caminhar de volta em direção ao centro da arena. O que farão com ela? Onde está o tal Kolene, que deixa sua noiva passar por tamanha sabatina sozinha e longe de casa? Passo em revista as portas das casas voltadas pro pátio e o encontro: vigia de longe, como os outros, nervoso, plantado diante da casa de sua mãe, mas não se mete: este é assunto de mulheres. As adversárias vencidas chegam ao centro da aldeia e param diante da visitante. Suas mãos estão carregadas com todo tipo de coisas: cintos de fibra de buriti, esteiras, magníficos colares de miçangas azul-cobalto longos até o umbigo e pesados de tantas voltas. A vencedora se curva ligeiramente e as mulheres começam a cobri-la de presentes, da cabeça aos pés, como a uma rainha. Ela foi aceita, vai haver casamento.

Fendas tectônicas

O apartamento voltou a mergulhar na quietude. Odiava essa hora incerta, entre o dia e a noite, a luz escoando em segundos, como água turva pelo ralo. Sempre, ao cair da noite, um acossamento de bicho se apoderava dela, uma dúvida disforme, feito os navegantes do século XVI que, ao mirarem o horizonte, temiam cair no vazio, que a Terra acabasse, que o escuro e os monstros marinhos os devorassem. Sentou-se diante da escrivaninha lutando contra sua dissolução. Era só dizer "preciso escrever" que sua cabeça ficava parecendo uma bexiga: cheia de ar. Olhou como se fosse a primeira vez para a reprodução da *Guernica* pregada na parede e que, de tanto estar ali, tinha se tornado invisível. Observou as figuras em caos, mistura de animais com homens e mulheres, braços desmembrados, uma mão de unhas pretas, cascos de cavalos, uma flor, uma adaga, gargantas cortadas e deixou-se ficar ali, naquela confusão de lágrimas e patas, de tetas de fora, berros mudos de bichos e gente.

Lá fora, na massa disforme da cidade, soa um sino, como uma boia atirada ao mar. Sobre a mesa, entre propagandas e contas a pagar, há um pacote de papel pardo com seu nome e endereço. Vira-o para conferir o remetente, mas não consta. Seus dedos desfazem as dobras do papel, qualquer coisa é mais atraente do que fazer o que se deve. Dentro, um antigo caderno escolar com capa de papel marmorizado entre o rosa e o castanho. Suas mãos tremem: antes mesmo de abri-lo já lhe adivinha o papel creme, pautado com finas linhas azuis, a letra ligeiramente inclinada para a direita e os pingos dos *is* espalhados por todos os lados.

Agarra-o como um náufrago, cobre o caderno com o rosto, mergulha o nariz no papel poroso e aspira. Tem um cheiro velho, quase bolorento, mas, atrás do odor de coisa guardada, o cheiro úmido das coisas que vieram do outro lado do oceano, que viveram na floresta, um cheiro de palha e fumaça, de terra e folha pisada. Sua vontade é atirar-se nas trilhas de letras corridas, mas teme a violência do impacto, sabe que a entrega, mesmo que de bom grado, escraviza. Então finge que um vulcão não explode dentro dela deixando seu rosto em brasa, finge que está serena e calma, que seu coração não está aos saltos e suas mãos, suadas. Olha pela janela. Não, ali, na Velha Europa, não há mulheres de seios nus cortando os cabelos, descascando mandioca, trançando esteiras. Ali não tem banho de rio, nem de lagoa, não tem jacaré, peixe moqueado, nem aldeias de estrelas povoando as noites sem lua. Não se escuta as crianças correndo, os jogos de futebol, as reuniões de chefia e os treinos de huka-huka: o pátio lá embaixo vive vazio e seus paralelepípedos guardam apenas vassouras banguelas e coletores de lixo. Lá embaixo uma senhora passa com um grosso casaco negro e o carrinho de compras arranhando as pedras.

Levanta-se, salva os legumes que se desmancham na panela, bate-os no liquidificador, separa um prato lascado, uma colher, e se serve de sopa, mecanicamente, espalhando gotículas quentes para os lados. Come. A colher arranha o prato, já meio vazio, e com o pão vai descobrindo as folhas amarelas, desbotadas, pintadas na porcelana, fazendo desenhos de louça no resto de sopa. Uma chuva mansa começa. Ana olha pro caderno que atravessou um oceano pra encontrá-la, pra resgatá-la dos dias cinzentos na Europa. Ali dentro, um mundo escondido, salpicado de sol e de verde, onde a palavra pronunciada tem corpo, o olhar tem braços, a intenção afeta a matéria e a vida transcorre em cíclica engrenagem, num delicado equilíbrio de procedimentos e transgressões.

Lembrou-se com susto da cabeça da cutia decepada por um bicho e não encontrada (acharam apenas um corpo, certa vez, perto da roça), da umidade nunca explorada das moitas sob o barranco, das teias de aranha nas vigas complicadas do teto sobre a rede. Era incrível como bastava fechar os olhos e lá estava de novo o tapete de folhas sobre o mundo, a luz sobre ele, as cigarras sempre, os ovos de cobra esmagados, semicomidos pelos pássaros, espargindo gosma sanguinolenta em seus esconderijos, os katseks a postos com suas flechas, as flautas sagradas, Padjá e suas histórias. Lá estava Maru andando diante dela com seus passos seguros; Yakaru exibindo dentes e músculos; Kamaka, que esfolava o filho para que aprendesse a lutar como o irmão morto e a liderar como ele, e os olhos de Muneri, sempre ausentes, assustados. Lá estava Kassuri, na penumbra, sentada sobre os calcanhares, enfiando miçangas num fio invisível.

Na camada logo abaixo das memórias outra lembrança, mais perigosa, um abismo profundo do qual evitava a borda, um vazio que comia tudo. Ela se sentia imersa no passado enquanto pairava sobre a realidade da noite, da chuva, da guerra civil espanhola, do computador em estado de espera, do prato de sopa com legumes de xepa. Fazia frio, era quase noite, a água fervia sobre o fogão.

Mandioca brava

Nessa manhã as dores no corpo estão piores do que ontem. Devo ter pegado uma gripe no dia da tempestade e as cólicas menstruais não ajudam. Às vezes parece que a única coisa que existe é essa rede, como uma canoa à deriva no espaço. Agachada, Padjá espreme pacientemente a goma da mandioca com a esteirinha de palha, praticando essa ciência milenar que os indígenas desenvolveram pra comer a mandioca brava sem morrer. A mandioca, ou macaxeira, que nós comemos na cidade, é uma prima dessa: enquanto o caule da mandioca mansa é avermelhado, o da brava é verde, e, se não preparada do jeito certo, mata. Os primeiros sintomas do ácido cianídrico, o tal veneno que a mandioca brava produz quando metabolizada por nosso organismo, são o aumento da frequência respiratória e cansaço, muito cansaço. Se a pessoa ficar nervosa, pode ter taquicardia, confusão mental e até entrar em coma.

Aqui no Xingu, os indígenas conhecem quase cinquenta tipos de mandioca, todas venenosas, mas descobriram que, com a preparação certa, o veneno evapora, deixando a planta boa pra se comer. E comem mesmo, com tudo e a toda hora. São os homens quem limpam e plantam a roça, mas são as mulheres quem colhem as raízes, tiram a polpa, processam, fazem o polvilho que fica guardado em grandes cestos pendurados no centro da casa dos quais todos se servem — e fazem o beiju que comem com peixe assado ou ensopado, puro ou dissolvido na água como mingau. Com a polpa torrada se faz a farinha; da água fervida com que se lava a polpa, um caldo ralo, adocicado. Nada se perde.

De minha rede vejo Padjá espremer incansavelmente com a esteira a massa branca e não consigo deixar de me perguntar como foi que eles descobriram como eliminar o veneno da planta, qual a primeira pessoa que resolveu isso. Fico imaginando o penoso processo de tentativa e erro, mas chego à conclusão de que o método não combina com eles, as respostas por aqui costumam ter outra natureza. Provavelmente um passarinho lhes contou, literalmente. Mas o que a gente chama de mito, as narrativas que explicam o como e o porquê de cada coisa, eles chamam de histórias verdadeiras. Lenda é palavra que não suportam, já entenderam que para os brancos é uma forma de dizer coisa inventada, história da carochinha, conversa pra boi dormir, enquanto os mitos são exatamente o oposto disso: são a origem da vida e de tudo o que nela existe, definem quem eles são.

— Padjá — peço —, me conta a história da mandioca?

— Ah, mandioca era menina! — diz sem alterar o ritmo das mãos. — Uma vez uma mulher engravidou e teve menina muito branca. Era diferente e a mãe foi morar com ela numa maloca fora da aldeia. Deu pra menina nome de Maní. A mãe penteava o cabelo da menina, amarelo, igual palha de milho, contava histórias pra ela. Um dia a menina e a mãe foram procurar fruta e raiz pra comer; era difícil... viviam só as duas, não tinha marido pra pescar, a comida era pouca. Andando no mato encontraram uma clareira limpa, bonita e a menina parou pra fazer xixi. Mas da tamã dela saiu pó branco, então ela pediu: "Mãe, me enterra aqui". A mulher riu, mas quando virou viu a menina séria. Então ficou triste, mas enterrou, deixou só cabeça de fora. A mãe chorou, chorou, as lágrimas foram regando a filha — Padjá espreme a esteira, o caldo claro da massa escorrendo pela trama de palha —, "Pronto, mãe, agora pode ir embora, e não olha pra trás pra não ver as flautas, não vira quando ouvir meus gritos".

Padjá abre a esteira e separa a massa seca, enche de novo com mais papa molhada e recomeça:

— Quando a mãe voltou, encontrou roça já grande, bonita. O cabelo da menina tinha brotado. A mãe ficou curiosa e foi cavar. Debaixo da terra encontrou raiz do tamanho da coxa, descascou e viu que por dentro era branca. A menina, cantando, ensinou a mãe a tratar mandioca, lavar, ralar, secar, fazer farinha, fazer beiju e mingau. "Pronto", a menina falou, "agora você nunca mais vai ter fome, minha mãe."

Eu me balançava na rede, ouvindo a história, um pé pendurado pra fora roçava a poeira do chão, quando, sem que eu pudesse prever ou evitar, uma lágrima me escapou. Engoli depressa, era graúda e salgada. Padjá, por fim, parou de trabalhar e me olhou:

— Você está com saudade.

Eu fiz que sim com a cabeça toda encolhida em minha rede-canoa no meio da pororoca.

— Eu sei que sua mãe morreu.

Fiquei muda, minha tristeza era a maior do mundo.

— Hum — a mulher espanta uma mosca. — Meu pai também já morreu.

Pausa.

— Eu perdi dois irmãos.

Nova pausa.

— Meu tio morreu.

Silêncio.

— E uma filha minha, pequena.

Olhei pra ela, recortada na contraluz, seu olhar todo pousado em mim como se quisesse, com ele, terminar de dizer o que não cabia em seu português, nem em língua nenhuma. Claro, numa aldeia, onde todos se conhecem, não há ninguém que não tenha perdido alguém. Ou vários alguéns. Nem em canto nenhum. A minha dor era grande, mas era a de todos, era a dor mesmo de viver.

— Padjá, o que vocês fazem com os seus mortos?
— Corpo da pessoa? — e bate com o pé descalço no chão.
— Enterram? Onde?
— Aqui mesmo.
— Dentro de casa?
Ela confirma.
— Sim, ou no pátio quando é chefe ou pessoa importante que vai ser lembrada depois, no Kuarup.

Sinto uma estranheza ao pensar que a aldeia está plantada sobre um cemitério, que as raízes das casas e do pátio são os túmulos dos ancestrais. Depois penso na cova improvisada aos pés da pitangueira do nosso quintal onde enterrei as cinzas da minha mãe. Não era tão diferente. Respiro fundo e um cheiro acre de sangue me alcança as narinas. Sinto as pernas meladas, preciso me lavar. Não estou bem, mas ficar na rede o dia todo não vai ajudar, então me estico, alcanço a toalha pendurada no punho da rede e pulo nos chinelos encardidos. Assim que alcanço o chão, Padjá me interpela:

— Vai banhar?
Ela está em constante vigilância.
— Vou.
— Espera, Padjá leva você — e enxuga as mãos no vestido.

Suspiro contrariada, desejando um pouco de solidão, mas não posso me esquivar da sua companhia. Caminhamos em silêncio, Padjá com seus passos curtos e ligeiros, a coluna reta, bunda pra dentro, os ombros que quase não ondulam e a bacia fixa no justo encaixe das pernas: com certeza ganharia qualquer competição de marcha atlética na escola. Aliás, o que os meus colegas estariam fazendo naquelas férias? Mergulhando na piscina de algum clube enquanto eu frequentava uma lagoa coalhada de jacarés? Assistindo aos últimos lançamentos no cinema enquanto eu via Mune menstruar durante o eclipse lunar?

Quando avistamos o pequizal, Padjá me diz:

— Eu ganhei esse pequizal do meu pai quando fiquei moça.

O pomar se estende por um bom pedaço de chão. É bonito de ver. As folhas são grandes como mãos abertas, as palmas voltadas pro céu colhendo luz.

— No começo, as árvores não queriam dar fruto, mas eu arranhei os troncos com dente de jacaré e elas deram muito! — diz batendo amistosamente no tronco de uma árvore, como se cumprimentasse um parente. — O pequi já foi jacaré.

— Antes do Mariká matar ele — completo.

— Isso mesmo, mas o dono dele é o beija-flor. Olha o dono ali!

Eu demoro pra vê-lo, procurando entre as árvores algo que se mova. De fato, lá no fundo, um beija-flor miúdo, de asas verde-esmeralda e pescoço furta-cor, circula entre as árvores com ares de senhor. Os indígenas escutam e veem muitíssimo mais, já vou me conformando com as minhas desvantagens.

— Foi Guetí, o Sol, que deu o pequi pra ele. Fez os pássaros e foi distribuindo as coisas que existiam: pro urubu, águia, periquito... Cada planta, cada caminho. Os pássaros ficaram os donos das coisas, eles cuidam, mas também podem fazer mal.

Eu olho o pequeno pássaro que deve pesar uns quatro gramas e não o acho lá muito ameaçador, mas se ela diz...

— Ana não acredita, mas uma vez eu fui flechada pelo beija-flor. Sua flecha acertou minha barriga, meu peito, os ouvidos. Puxa, eu senti muita dor! — Padjá toca seu corpo nos lugares em que o pássaro a atingiu. — Ainda bem que ele não me matou!

O beija-flor para um momento no ar, quase na nossa frente, como se escutasse a conversa.

— Depois disso fiquei mal, sonhava muito com ele de noite, aí tive que fazer festa pra acalmar seu espírito. Foi assim que eu fiquei dona da festa do pequi.

As flechas dos katseks, os espíritos da floresta, quando atingem a gente nos adoecem, mas os xamãs, quando ganham flecha de espírito, guardam elas como prendas no corpo, são capazes de suportá-las, e assim, com ajuda de fumaça ou sonho, conseguem viajar pra outros mundos, ver com os olhos dos animais, das plantas, dos mortos, dos espíritos, dos humanos e não humanos, me explicou Padjá com gestos que diziam mais do que palavras. O pássaro pousa numa flor de pequi. Padjá abaixa o tom e completa, em confidência:

— O pajé me trouxe de volta, mas eu ainda visito a aldeia deles, de noite.

Entro na trilha que leva ao rio, mas ela me detém:

— Não, vamos mais pra baixo.

Obediente, sigo ao seu lado. O pequizal fica pra trás, Padjá me indica outra picada dentro da mata e entramos no abraço úmido da floresta. As ramas oscilam, como se respirassem, e as folhas cintilam à proximidade da água. É possível ouvir seu fluxo, rápido e intenso; à parte disso, tudo é quietude e delicadeza, o rio se descortina, rodeado de verde e prata. Mais três mulheres se banham ali e sorriem com a nossa chegada.

— Quando temos sangue é aqui que a gente se lava.

Eu assinto com a cabeça, me sinto acolhida por aquela mulher e pelas outras que estão ali, pela água que nos recebe, pela proteção da mata. As mulheres, em geral tão atarefadas, ali se banham sem pressa. Quando estão menstruadas, não lavam roupa, não buscam água, não podem trabalhar. O estigma nefasto do sangue que vertem (comida feita por mulher menstruada é contaminada, lutador que transa com mulher menstruada perde suas forças), lhes dá, em consequência, um espaço de liberdade e repouso.

Na beira do rio, numa forquilha, uma das moças pendurou seu uluri. A cinta feita de buriti e entrecasca de árvore é uma calcinha que esconde menos, mas protege mais. Nenhum homem tem permissão de tocar uma mulher que esteja usando seu uluri. Cada menina recebe o seu ao deixar a reclusão; é como uma cinta de castidade, mas ao contrário: quem a controla é sua dona. Tiro a roupa, toda ela. Eu, que acostumei a me banhar de biquíni, pela primeira vez me ponho nua assim, diante de outros olhos. As índias riem e apontam meus pelos pubianos: uma moita rala, escura e retorcida que me cobre o sexo enquanto o delas é liso como um par de conchas. Pego meu sabonete e coloco os pés na água.

— Não, deixa o sabão! — me orienta Padjá, sacudindo as mãos. — Aqui tinha um espírito que tomava conta do rio, um meninozinho todo enfeitado de caramujo. A água corria por ali, onde era morada dele, mas agora a passagem fechou, o rio tá ficando raso e ele foi embora. Não gosta da espuma, não, água fica suja, afasta os guardiões.

Elas se esfregam com alguma fibra de planta e a areia fina do fundo do leito. Embrulho meu sabonete numa folha, como vi Yakaru fazer na lagoa, pra ele não derreter nem melar minha mão depois do banho, e entro no rio. O choque da água gelada desperta minha cólica e me sacode os sentidos. A cabeça também lateja. Só espero não ter sido atingida pelas flechas invisíveis do beija-flor.

Nuvens

Ana aperta os olhos, mas é impossível seguir lendo; a noite caiu sem que se desse conta. As luzes da cidade se acendem feito simulacros de estrelas. Pousa o caderno e pensa na conversa com Padjá sobre os mortos; lembrava-se bem daquela tarde. Cerra os olhos esperando ver, mais uma vez, o corpo dela desenhado à contraluz, na eterna semipenumbra da casa, aquela mulher feita de palavras e silêncios, sombra e luz, que se infiltrara numa fissura aberta em sua carne, emplastro de ervas que, para curar, arde. Abre uma fresta na janela pra dispersar o cheiro de comida, de cigarro, espantar as lembranças. O gato do andar de cima se assusta e pula pro beiral vizinho. Outras memórias arranham a casca do presente. O que seu pai estaria fazendo? Imagina sua mesa de trabalho, pedras e papéis convivendo numa república democrática — uma selenita vizinha de um artigo acadêmico, ambos cheios de assunto, os lápis apontados meticulosamente, a velha garrafa térmica de café junto do computador, os livros em posições pessoais e intransferíveis nas prateleiras. Olha sua bagunça, a toalha de banho ainda largada no chão, o resto de sopa secando no prato com uma crosta amarelo-amarronzada, craquelada feito o fundo oco de uma bateia de garimpo. Junta os livros sobre a mesa em pilhas aleatórias, o diário sobre eles. O gato volta ao beiral de sua janela, miolando. Ana aproveita o impulso e, antes que as mãos se neguem, com uma tecla afasta os astros de sua área de trabalho:

*"Oi pai, tudo bem? Como estão as coisas?
Por aqui tudo certo, o tempo ainda está frio.
Chegou ontem, pelo correio, meu velho diário
do Xingu. Achei que ele tinha se perdido entre os
diários de campo, obrigada por me enviar.
Mande notícias."*

Desde a viagem que fizeram juntos, quinze anos antes, a distância voltou a ganhar terreno entre eles. A avó materna de Ana, com quem foi morar depois de voltar do Xingu, aliás, depois de ter alta do hospital, se certificara de garantir uma distância segura do pai lunático. E a distância, uma vez instituída, tem forte tendência à exponencialidade, especialmente se for reincidente. Quando seu pai reapareceu, trazido pela morte da mãe, a avó se propusera a ficar com a menina, mas ele insistira em levá-la consigo pro meio da floresta amazônica, pra uma aldeia indígena, um sítio arqueológico, pro meio de uma pesquisa que não podia adiar. O que fazer? Ainda era seu pai e um tempo juntos devia ser importante para os dois. Acontece que ele a trouxera de volta moribunda, com uma malária mista resistente alojada no fígado. Dois meses já fora tempo suficiente juntos — assim concluiu a avó.

Quando foi a vez da avó lhe deixar (as cachorras já estavam mortas há mais de um ano), Ana arrumou suas poucas coisas e deixou pra trás o sobrado, as escadas que rangiam na madrugada, os ramos da acácia que a essa altura disputavam o céu com a fiação elétrica, e foi-se embora atrás de outras histórias.

Lá fora, nuvens grossas e cinzentas se reuniam sobre o telhado da mesquita e os corvos faziam círculos no ar. Espantou o gato, empurrou os livros, pegou o diário.

No fundo

Maru aparece:
— Vem, vamos pescar.
Está parado diante de um bando de meninos, é um dos mais velhos. Munidos de facas, aguardam minha resposta — são crianças, não têm medo de um pouco de sangue. Maru deve ter sentido minha falta e até que ando às voltas com ideias de feitiços, morte e perigos de todo tipo, dentro e fora. Em meu corpo, um planeta; ali, onde acho que o fígado mora, plantaram uma roça: os tubérculos de mandioca e inhame incham dentro da carne; no lugar do coração uma menina soca pilão e as pancadas ressoam nos quatro cantos da cavidade torácica; minhas veias são sulcos fabricados pelas arranhaduras de dente de peixe-cachorro; meu peito é o pátio que os passantes cruzam a torto e a direito e, em algum lugar, alguém cavou um túnel que uma moça percorre chacoalhando um maracá. Os órgãos ocos, estômago, esôfago, intestino grosso e delgado, são sítios arqueológicos cheios de escavações, e meu rosto arde feito roça queimada.

Maru me fisga, me pega, me puxa pela mão e o sol faz o resto. Impossível ter pensamentos sombrios quando a luz amarela se derrama pelo caminho, as folhas cintilam à nossa passagem e os meninos riem com vontade, golpeando os cipós de timbó que puxam pra que se soltem dos galhos, caindo uns por cima dos outros, em eterna brincadeira. O riso deles é o próprio rio. E rio com eles, mesmo sem entender o que dizem, mesmo quando provocam Maru, provavelmente por minha causa. Os mais novos repetem, como papagaios: "Anakinalo, Anakinalo!".

Com suas facas, picam os cipós em pedaços de um palmo que amarram em pequenas trouxas e seguimos pro igarapé bater timbó na água. Esse cipó produz uma espuma que deixa os peixes zonzos e os fazem boiar, virando presas fáceis pras redes e arpões dos meninos. Pacuzinhos e traíras fazem a alegria da turma, o entusiasmo deles contagia como cócegas nos pés. Na beira d'água encontramos uma canoa amarrada que os meninos logo confiscam. É um povo do rio, mesmo os pequenos são capazes de remar, de pé, com grande elegância e eficiência. Eu, ao contrário, vou de cara no fundo da canoa já no primeiro impulso e, como só estorvo a pescaria com meu peso morto, me contento em fazê-los rir.

De dentro da canoa me debruço sobre a água e coloco a mão na corrente pra colher algum frescor. Maru, o comandante do barco, caso aqui houvessem comandantes e comandados, mira minha mão e seu olhar é um tapa. Os meninos, barulhentos como maritacas, se calam um segundo, por milagre ou susto: fagulha de tempo suspenso no ar. Com a água furtada na palma da mão, olho para o fundo do rio e o que vejo ali é turvo, nada da risada solar das crianças e do couro prateado dos pacus: entre os juncos e raízes mortas, vejo pernas e braços, cabeças e troncos apodrecendo nas profundezas. Uma vertigem toma meu corpo. Ainda escuto Maru dizer:

— No sentido da corrente, kaigaha, põe a mão no rio no sentido da corrente pra não contrariar os espíritos!

E caio na água.

Transmutações europeias

À noite o sofá vira cama, a mesa vira de cabeceira, Ana vira abóbora. No pequeno estúdio às escuras o mesmo pesadelo de tantos anos atrás: está cavando, tudo à sua volta é escuro e úmido, o túnel em que está a sufoca, mas também a protege, sob suas unhas terra, Terra Preta. Ela cava tanto que as unhas se descolam. Avança lentamente, os dedos doem, ela passa a mão pelos cabelos e um chumaço se desprende, volta a alisá-los e sente os buracos no couro cabeludo: está ficando careca. Continua a cavar e a carne dos dedos também se descola, na extremidade das mãos, ossos brancos se destacam da terra negra, grossa, viscosa, ela cava mais e os dedos entortam, os ossos se partem, mas continua: é preciso avançar. Desperta sem ar, ensopada de suor apesar do frio.

Ao seu lado um homem dorme feito pedra: entrou no leito morno, na calada da noite, depois do expediente, e fez ali seu ninho, um casulo de lã. Ela escorrega pra fora da cama, seus dedos tateiam à procura do volume opaco deixado sobre a mesa, calça um segundo par de meias e desliza até o banheiro, através da porta plástica de correr. Acende o abajur conectado à extensão da sala e que serve pra iluminar esse cômodo desde o curto-circuito. Faz xixi, põe água pra ferver. Na janela o gato volta a insistir e Ana se rende, coloca um dedo de leite no prato e passa pro lado de fora, a prisioneira traficando comida pro liberto. A chaleira elétrica apita, estridente. Ela olha o corpo inerte do namorado em sua cama, que não se abala com os sons nem com os sonhos gestados na casa, na noite espessa; um corpo escuro, feito de suas próprias profundezas.

Despeja a água quente sobre o chá perfumado, espera que a água se turve de castanho espantando o resto do sono e as migalhas de sonho. Uma garoa fina chateia a madrugada, Ana deseja o verão com impaciência. Se espreguiça lembrando da brisa morna da floresta, seu calor pegajoso e esfrega um pé contra o outro de prazer. Na xícara, chá preto defumado com bergamota que bebe devagar, à moda dos domingos; a Europa rica era assim, tão especializada em harmonizações, elegância e bem-estar que se esqueceu do resto. O mais importante.

Biiip! Faz o aviso de mensagem. Abre o e-mail:

"*Ana, que bom ter notícias suas!*
Como está indo a tese?
Fico feliz que tenha recuperado seu diário do Xingu, mas não fui eu quem mandei... Não tem remetente?
Aqui está um calor infernal. Deveria chover, mas está seco, muito seco, e o Xingu está em chamas! Só nesse mês apareceram mais de 150 focos de queimada, mas você deve estar acompanhando as notícias. Devo ir pra lá em breve, o pessoal está querendo formar uma brigada anti-incêndio com gente de várias aldeias e estamos tentando arrumar equipamentos. O problema é que as estradas estão péssimas e, com a fumaça, os aviões têm muita dificuldade em descer. E com a hidrelétrica e toda a falta de chuva, o acesso por barco também está difícil, as voadeiras encalham direto. O rio está tão

baixo que esse ano não deve nem ter peixe suficiente pro Kuarup... Enfim, o tempo está cada vez mais estranho. Me pergunto o que o velho chefe diria de tudo isso. Aliás, ele não está mais entre nós, vai ser chorado na próxima festa dos mortos.
E você, quando vem por aqui?
Saudades, seu pai."

Como se mais de dez anos não estivessem atravessados entre eles. Como se uma tora, daquelas encalhadas no rio, espessas e rugosas, que a gente nunca sabe se é jacaré ou não, não estivesse ali. Como se amanhã fossem ao sítio escavar, carregando café e bolachas na mochila como se fossem iguarias. Falar do tempo era sempre possível, não importa em que década.

Então, o grande chefe Kamaka estava morto. Seu pai continuava obedecendo os preceitos e não pronunciando — nem escrevendo — seu nome. Será que agora que Kamaka tinha partido Muneri ia assumir a tarefa de liderança que lhe cabia? Mais uma vez o mundo recomeçaria, com as jovens saindo da reclusão... O tempo na aldeia é outro; existe um antes e um depois, mas eles rodam, como o dia e a noite, as chuvas e a seca, a hora de plantar e a de colher. O passado e o futuro não estão separados pelo presente, ambos moram nele: pra lançar uma flecha, a corda do arco recua.

O escuro

Tenho frio, muito frio. Apesar da técnica do meu pai, de colocar o cobertor por baixo, entre o corpo e a rede, e enrolar por cima, não consigo evitar que meus dentes batam, como aquelas caveirinhas de plástico com um gatilho de dedo, a diferença é que eu não controlo o gatilho. Não sei como vim parar em casa e a noite parece a mais escura da Terra. Antes de chegar no Xingu eu não sabia o que era o escuro. Nessa madrugada tive que ir lá fora fazer xixi e o encontrei. Nas noites sem lua o negrume é denso feito piche; não é esse escuro da cidade, com a barra do céu arroxeada de tantas lâmpadas elétricas, um interruptor sempre ao alcance da mão, não.

Saí da casa arrastando os pés. Adiei por muito tempo a empreitada, a última coisa que eu queria era sair da rede pra ir mijar, sozinha, na noite fria, mas não tinha mais jeito: minha bexiga já doía de tão cheia. Lá fora, tropecei na barra do cobertor em que vinha enrolada e me estatelei no chão. A lanterna foi parar não sei onde, e a tampa que segura as pilhas deve ter desencaixado, pois se apagou. Então o escuro se espalhou, como um polvo abrindo seus tentáculos e expelindo sua tinta negra. A partir daí, não é possível ver nada, só imaginar. Você adivinha o contorno do seu corpo, a forma de suas mãos, mas o que não está colado a elas habita o limbo universal.

E você começa a ouvir. Há quem pense que na mata faz silêncio. Subtraem o barulho dos carros, dos bares, das pessoas, dos cruzamentos, das ambulâncias e o resultado é zero. Negativo. A floresta é a coisa mais barulhenta que existe. E o mais inquietante é que você não conhece a natureza dos sons. São pios, grunhidos, estalos, crepitares, vibrações, assovios, sibilares, farfalhares, sussurros, gemidos, rugidos, e sabe-se lá o que mais. O que eu via-ouvia-imaginava, com as mãos frias da noite pousadas sobre os meus olhos e em concha junto aos meus ouvidos, eram raízes, muito grossas, sulcando a terra, ou finíssimas, capilares, alongando-se sob meus pés. Flores carnudas, abrindo e murchando, pétalas pendendo, frutas cheias de suco madurando nos galhos e despencando podres no chão, espalhando sementes, a seiva correndo nos ramos vivos das plantas. Corujas de olhos enormes com bicos de faca, cutucando as penas, mil insetos devorando por dentro um tronco oco de árvore, jaguatiricas afiando as unhas em suas cascas, serpentes de línguas bifurcadas roçando o corpo na poeira, avançando, crescendo, se aproximando.

De repente um som claro de passos e um foco de luz. Meu pai se agacha junto a mim. Recolhe a lanterna, meio metro adiante, recoloca as pilhas, encaixa a tampa: funciona. Me levanta do chão e voltamos juntos pra dentro da casa. Eu tinha mijado nas calças, ele me coloca de volta na rede e como parece não ter reparado também me calo. Me embrulho de novo, molhada, e tremo.

— Você está com febre.

Acorda o fogo. O amarelo adocicado das chamas vai finalmente afastando o escuro de dentro de mim. Escuto a voz do meu pai, ele pressente meu medo e ensaia conversa. Me conta tudo que é capaz de ver a partir dos restos de barro e buracos na terra aos quais se dedica; é do que ele sabe falar: pedras, cacos, ossos, sementes. Em meu sonho, suas palavras vão formando miraculosas aldeias fortificadas, com paliçadas e valetas, estradas que as interligam, habitadas por milhares de indígenas, construídas de forma fractal: a ocupação dos corpos dentro da casa reproduzida na forma da casa, reproduzida na forma da aldeia, reproduzida no conjunto de aldeias... Casas e aldeias como as de hoje, mas quatro, cinco, até dez vezes maiores. Me fala o que anda pesquisando: a intensa ocupação amazônica, me conta coisas da arqueobotânica, da domesticação de plantas presentes no mundo inteiro realizada há milhares de anos pelos indígenas daqui — amendoim, mandioca, açaí, pupunha, pimenta, pequi, castanha, maracujá, sapé... A floresta antropogênica, criada e recriada por seus habitantes nativos, suas sutis e geniais obras de engenharia hidráulica, com manejos florestais ousados e pacientes na matéria do tempo. Me fala do tempo. As cidades-jardim e as sociedades igualitárias me entram nos sonhos. De olhos fechados vejo um rio com água correndo nos dois sentidos e me ocorre que essa arqueologia de que me fala não conta do passado, mas do futuro.

No fim da madrugada, com o fogo já quase extinto, naquela hora em que a friagem do sereno é mais maliciosa, vejo pontinhos luminosos voando pelo espaço. É ainda meu pai assoprando brasas embaixo da minha rede.

— Pai, por que você foi embora?

Desse mistério eu não tinha a chave. Ele pensou, por uma breve eternidade:

— Sabe, Ana, às vezes o amor acaba. É difícil explicar isso para alguém que ainda nem fez a sua estreia no amor...

Mais meio ano-luz.

— Não que mude muita coisa, mas foi a sua mãe quem me pediu pra partir.

As luzinhas laranja dançam ao sabor do ar.

— E por mim? Seu amor por mim também acabou?

— Não, não. Esse tipo de amor não acaba nunca.

— Parece que às vezes acaba.

Era quase amanhã e vi o sereno chegar aos olhos do meu pai. Nem sei por que eu disse isso. Quis voltar atrás, dizer que estava pensando na minha mãe, na morte dela e não nele, mas não desdisse nada. Às vezes as palavras são o pior meio pra se dizer algo. Ou quem sabe eu queria dizer isso mesmo e até gostei de feri-lo? Isso pra mim também era uma estreia.

Bergamota feelings

O namorado se mexe na cama. *O tempo está cada vez mais estranho...* Repete mentalmente as palavras do pai sentindo-se um peixe tonto de timbó; o diário a captura. Quem teria enviado? Onde estivera durante todos aqueles anos? "*Incêndio no Xingu*" — digita na janela de busca do navegador já irritantemente enfeitada para o dia das mães. Tudo se vende?

As notícias do dia a dia que concerniam aos indígenas circulavam em redes alternativas, boletins enviados via e-mail em círculos fechados e, mais recentemente, em grupos de facebook e whatsapp. A "grande" imprensa ainda cagava pros índios. Ou nem se dava o trabalho. Só eventualmente uma nota furava o pacto de silêncio e o país se lembrava da existência de seus povos nativos.

"*Xingu em chamas*" — aparece logo na primeira linha. Com certeza o estrago era enorme. "*O incêndio de grandes proporções que assola a Terra Indígena do Xingu já dura quase uma semana. Calcula-se que, até a madrugada da última sexta-feira, o fogo já tenha consumido cerca de 100 mil hectares de floresta. Os indígenas ainda aguardam a chegada do corpo de bombeiros de Mato Grosso para conter as chamas.*"

Os comentários que se seguem são de revirar o estômago: "*Que bom ver esses selvagens arder*", escreve um, inaugurando uma avalanche de barbaridades destiladas com prazer. O ódio é inflamável. Tenta deter a fagulha que a atinge, tratando de evitar que ela mesma se incendeie. Em meio à seca histórica, o mês do Kuarup se aproxima, como a cada ano. Quem será que perdeu sua plantação pro fogo? As filhas de quem deixarão a reclusão pra se casarem? Quem será o novo campeão de huka-huka?

A chuva estiou, o chá esfriou na xícara e amargou: muito tempo de infusão. *Bláh!* Ana despeja o resto da bebida na pia e encosta a testa contra o armário de parede — pra se apoiar ou pra segurá-lo? Segurar as paredes, a casa, o namoro, a tese, a falta, o tempo que passa e come tudo? Ela saiu da aldeia muitos anos atrás, mas a aldeia, agora sabe, nunca saiu dela. Uma ânsia de vômito põe tudo a girar. Empurra a porta sanfonada do banheiro e manda o chá de bergamota pra privada.

Se lembra da febre que tinha na aldeia, sempre às seis da tarde, como se tivesse com ela um encontro marcado. Saudade na aldeia também é doença. Tristeza é doença da alma, é brecha na guarda, espírito que entrou na gente, seja de morto, seja de bicho. É um duplo dividido, é quando estamos partidos. Mas doença também é ir aonde ainda não se foi e ver com olhos de outrem; é visitar outra aldeia, a do espírito captor. Na doença, a pessoa se multiplica, depois vira um de novo, pra continuar vivendo, pra seguir humano.

A caça e o caçador

Yakaru anda evitando minha companhia por esses dias. Parece que sabe que sangro, apesar de eu, obviamente, não ter lhe dito nada. Não apareceu na casa de hóspedes nem ontem nem hoje pra tomar o chafé de Padjá, que entope com colheres e mais colheres de açúcar. Sempre preocupado com sua performance de lutador, Yakaru prefere manter distância segura de uma moça menstruada. No lugar de me visitar, antecipando qualquer forma de contaminação por pensamento, pede pro pai arranhá-lo na porta de casa, o que o homem faz com gosto, orgulhoso de seu filho respeitoso das tradições. O sangue escorre por seu corpo nu enquanto o maiô do Corinthians balança a salvo no varal.

Estou fraca, mas sinto que a febre cedeu e desço para o banho diário no lugar que Padjá me indicou. Com a toalha no ombro, vou atravessando com cuidado o pequizal. Contra todas as indicações, olho mais pra cima do que pro chão, quase com mais medo de beija-flor do que de cobra, quando vejo uma menina branca à distância, num vão entre as árvores. Só posso estar sonhando, não há mais nenhum branco na aldeia nesse momento, ou eu saberia. Me aproximo de mansinho, pra não assustá-la. Ela colhe frutas que desconheço, pondo-se nas pontas dos pés e esticando o braço, mostrando o desenho das costelas. Está nua. Interrompe seu gesto e me encara. Parece um pequeno cervo desses que andam por aqui; eles não têm muito medo de nós, pois os indígenas não os caçam, mas evitam proximidade excessiva e guardam cautela: seu corpo se retesa todo a um cruzamento de olhar. Os olhos dela são puxados, mas claros, sua boca é carnuda, mas rosa, as maçãs do rosto saltadas, mas descoradas, tem a franja cortada reta na altura das sobrancelhas, à moda local, mas os cabelos são de uma brancura loira que impressiona. Sua figura é tão inesperada, transparente e silenciosa que, por um momento, enquanto nossos olhos estão presos uns nos outros, penso estar vendo coisas: quem sabe a febre colocou no meu caminho Maní, a menina mandioca?

Levo um susto. Por trás de mim aparece Maru, roendo com displicência um caroço de fruta, com aquela mania de surgir sempre de repente nos lugares. Encara a menina e é a primeira vez que percebo nele um ar de soberba. Ela se abaixa, ergue sua cesta e a pendura na testa, com a faixa de entrecasca de árvore, à maneira das mulheres que vão à roça, e sai pelo caminho equilibrando sua breve colheita com passos leves que mais lembram um farfalhar de asas.

— Quem é ela, Maru?
— Ah, essa é Catigui, a desbotada.

Procuro ainda o rastro dela no fundo do pequizal.

— Ela é feia, nunca vai casar — Maru cospe longe seu caroço de mangaba. — Os pais dela deviam ter enterrado quando nasceu, mas não tiveram coragem. É a segunda filha sem cor. A primeira enterraram, depois veio outra e a mãe não deixou. Chorou, gritou, até deixarem criar.

— Mas por que eu nunca tinha visto ela?
— Ah, guardam ela em casa quando tem gente de fora. Quando tem parentes de outras aldeias também.

Meu pai e eu éramos o motivo daquela menina andar escondida?

— Maru, se enterra sempre quando nasce alguém assim, diferente?

— Bem, antes enterrava mais. Às vezes a mãe tem pena e a criança escapa. A Catigui faz tudo, só Guetí, o Sol, é que machuca ela, faz ferida feia na pele, mas se o bebê tem problema num braço, coisa assim, aí enterrava mesmo.

— Mas por quê?

Maru dá de ombros:

— Ninguém pode precisar de outra pessoa pra viver.

O menino se pendura no galho onde antes a menina ciscava e apanha um cacho de frutinhas amarelas. Mas a gente não precisa sempre de alguém para viver?

— Quando nasce dois de uma vez também enterra — solta ele lá de cima.

— Gêmeos?

Ele assente.

— Quando nasce dois juntos a alma separa, um fica bom e o outro, ruim, mas não dá pra saber quem é qual, então fazem assim.

— Eu não entendo, Guetí e Mune, os filhos da primeira mulher, que criaram todo mundo, não eram gêmeos? E Maní, a menina mandioca, que deu de comer pra toda a gente, não era uma índia branca também?

— Humm — faz Maru, de boca cheia, mais interessado em se encarapitar nas alturas em busca de frutos mais exclusivos.

As crianças estão sempre à cata de algo pra comer, frutinhas, formigas-saúva ou qualquer outra iguaria que possam encontrar. Plantaram goiabeiras e outras árvores frutíferas em volta da aldeia, mas os frutos nunca chegam a madurar: basta as goiabas começarem a inchar no pé e um enxame de crianças vem roê-las. Penso mais uma vez na índia albina. É verdade que Maní foi enterrada por sua mãe, mas a seu pedido, depois de mijar polvilho, virou comida de gente. E Guetí e Mune não tinham quem os enterrasse, já que foram os primeiros a existir. Seu pai era onça, assim como sua avó, que comeu a mãe deles; talvez na aldeia das onças não se enterrem os gêmeos... Mas Guetí e Mune não eram só filhos de uma humana com um jaguar, eram também o Sol e o Lua — o irmão trans do Sol que menstrua no eclipse. Aqui nada é exatamente o que parece ser, nada é uma coisa só e tudo que é novo surge de uma exceção.

Saio andando a esmo pelo mato. Não sei o que me deu, um abuso de ser o tempo todo observada. Escapo de Maru, como escapei de Padjá, o que não é nada fácil. Se os dois, por um lado, me guiam, mostram e contam tantas coisas, sei que também me vigiam. Maru parece um pequeno espírito da floresta, tenho a impressão de que ele tem vários olhos espalhados pelo corpo, vendo sem ser visto, surgindo de repente pelos caminhos, e me pergunto até se não ganhou de algum katsek, quando estava perdido na mata, o dom da invisibilidade — meu pensamento cartesiano é posto à prova todos os dias nessas paragens.

Todos aqui se conhecem e têm seus lugares; os comportamentos são ordenados (e burlados, é verdade) por regras ocultas que tento caoticamente assimilar. Os procedimentos estão gravados em seus corpos, não no meu. Sou meio bicho? Tenho pelos, meu corpo não foi fabricado, escarificado, domado, educado, construído, tatuado, ampliado, conectado com forças maiores que as minhas. Não me fizeram ingerir sumos de ervas e seus poderes, não tiraram meu sangue fraco me obrigando a fabricar um novo, forte; não passei por reclusões, não me ensinaram a cozinhar nem fabricar coisas com as minhas mãos, a sobreviver por minha conta; não me disseram qual era o dia em que eu deixava de ser menina e passava a ser mulher, o que eu precisava saber a respeito; não me deram um uluri, o poder sobre o meu sexo, não determinaram o período de duração do meu luto, enfim, não me ensinaram nada das coisas práticas da vida. Apenas o teorema de Pitágoras e o uso de mesóclises — que aprendi mal.

Vou andando a esmo no mato, meio perdida nesses pensamentos, quando me dou conta de que já estou a uma boa distância da aldeia. Entrevejo uma cabana de palha. Parece abandonada. O telhado está deteriorado, há grandes vãos negros entre as folhas das palmeiras, mas as cinzas, na frente da porta, parecem menos antigas: a chuva ainda não lavou seu último fogo. Me aproximo devagar, de súbito uma apreensão. Há qualquer coisa sinistra neste lugar. Enfio a mão no bolso pra me certificar de que o canivete está ali, um reflexo já quase natural. É incrível a quantidade de coisas que se pode fazer com um bom canivete. Contorno a cabana devagar. Nos fundos, uma pequena clareira. Dou mais dois passos e sinto um movimento na casa. Tem alguém ali. Pode ser bicho também. Meu coração trabalha depressa. Do contorno esfarrapado de sapé sai um jovem. É Muneri. Ele me vê. Veste um calção azul e um par de chinelos. Pressinto: foi ali que seu irmão morreu. Devia ser sua cabana de reclusão.

Os homens também passam por reclusões pubertárias, mas em geral os períodos são mais curtos. Quer dizer, passam três meses em reclusão, voltam ao convívio da aldeia, depois se isolam de novo; não é um resguardo contínuo como o das meninas. A não ser num caso como este, do irmão de Muneri, que estava sendo preparado pra ser chefe. Aí a reclusão masculina pode ser duríssima. E eles ficam longe de todos, sozinhos ou aos pares, numa cabana no meio do mato. Tem que se virar pra comer, pra fazer tudo. A dieta também é restrita, como a das mulheres. Tomam sumos de ervas poderosas pra fortalecer o corpo. E não podem transar. Talvez por isso também os mandem pra longe. Devem aprender a domar seus impulsos e a se virar sozinhos, concentrando suas energias em aprender a lutar.

Me sinto constrangida, como se tivesse entrado numa zona proibida. Recuo um passo, mas ele relaxa e se abaixa, sentando nos calcanhares. Eles nunca se sentam diretamente no chão, nem as crianças. Usam sempre um banquinho e, na falta dele, um tronco ou uma esteira, até uma folha, ou se acocoram. No começo era impossível pra mim manter uma conversa de mais de dois minutos nessa posição, agora ela já é sinônimo de repouso. Tenho a impressão de que Muneri quer falar alguma coisa, então me agacho também, mas ele permanece mudo como uma pedra. Sinto que estamos ali num lugar ao mesmo tempo sagrado e maldito — é possível isso?

— Meu irmão morreu aqui.
Aceno com a cabeça, assentindo.
— Você sabia? Quem te contou?
— Ninguém me contou, mas eu senti quando cheguei.
Muneri me olha. É a primeira vez que me encara. Finalmente, parece não estar em frente de uma parva total e isso lhe dá coragem.

— Eu sou o segundo filho homem. O segundo filho não vira chefe.

Volto a acenar. Não tenho a menor ideia do que dizer, mas chego logo à conclusão de que o melhor é não dizer nada: tudo o que eu tenho a oferecer é um par de ouvidos estrangeiros, e isso basta.

— O primeiro filho sim, é preparado pra ser chefe desde pequeno, já sabe. O segundo não. Não pode disputar com o irmão, você entende?

Eu entendia. Muneri foi criado a vida toda pra não ter a ambição de liderar. E não tem. Só que agora esperam dele que tenha, do dia pra noite. Ele também deve ter medo; afinal, o que se diz é que seu irmão morreu enfeitiçado durante a reclusão — é uma posição cobiçada. Muneri me conta que os bichos também têm seus chefes: o Hiper-Veado, com sua galhada excepcional, ou o Hiper-Peixe-Cachorro, com seus dentes ultra-afiados. Ouvindo-o falar, tenho a sensação de que os chefes têm uma relação de predador e presa com seus grupos. Se por um lado o chefe captura e domestica seu povo, ao mesmo tempo se coloca à sua mercê: o grupo também captura e domestica seus chefes.

Papel de seda

Enfia o diário na bolsa. Lá fora, uma lufada de ar fresco a acerta. Respira fundo. Anda pelas ruas de casas antigas, aspira o cheiro morno de pão, vê as torres das catedrais, as mulheres de salto alto emergindo das saídas do metrô e, pela primeira vez, pensa com tanto desprendimento naqueles túneis escuros, nas margens do Sena iluminadas no mês de abril, naquela cidade de frutas embaladas uma a uma em papel de seda colorido nas mercearias. Terra de pêssegos e nectarinas perfeitas, de cerejas quando é tempo, de brioches, chalás e croissants, turbantes, burcas e narguilés. De pães dormidos e xepa de feira. De gente riquíssima que compra móveis tailandeses e adota crianças asiáticas, de imigrantes, de buquês de tulipas sobre as mesas, de levantar-se quando alguém entra, de sentar-se à mesa no lugar escolhido a dedo. De homens que morrem de frio no inverno, sob as pontes, e velhos que morrem de calor no verão, solitários.

Enfia a mão no fundo da bolsa pra sentir o peso do caderno e se certificar de que ele está mesmo ali. Uma saudade lhe espeta os dedos. Escolhe um banco, espanta as pombas bem nutridas na grama aparada. Os arbustos tosados, como se viessem do barbeiro, lhe parecem ridículos. Olha o jardim com seus canteiros retangulares, destinados às roseiras que serão plantadas quando o tempo melhorar, o caminho alinhado de cascalho ladeado de arvores anãs, sistematicamente amputadas. A hera, por natureza rebelde, torcida repetidamente à vontade dos arcos, se curva.

Sentada no banco de pedra, se lembra da primeira visão que teve do sítio arqueológico. Era gigantesco. As antigas casas traçadas no chão, a estrada que levava ao rio, tão larga, tão usada que formava uma vala; a valeta de proteção que a margeava, as linhas e as cores do solo, alterado pelos diferentes usos, como um negativo de fotografia de uma aldeia milenar. Mas naquele tempo, vivendo ali em casas de mesma planta que aquelas, comendo as mesmas coisas que os indígenas ainda manejavam na floresta, andando pelos mesmos caminhos que os antigos e tomando banho nas mesmas águas, os dez séculos não pesavam. E no meio do sítio aquela cova, cravada no centro do pátio de uma aldeia ancestral. Um degrau de terra apenas: bastava um passo pra se cair dentro da História.

Indicador

Todos os dias penso em ver Kassuri. Todos os dias deixo que eles passem sem que eu tenha ido. As regras que organizam sua vida espelham o caos em que a minha se encontra. Ela não pode sair, eu ando por todos os lados, mas sem objetivo. Ela está exatamente onde se espera que esteja; eu, no lugar mais inusitado. Um dia alguém lhe dirá: você está pronta e ela vai deixar sua reclusão para ser mulher. E a mim, vou ter que adivinhar o dia de me transformar em outra? E estar pronta pra quê? Pra ser dada a um homem? Trabalhar, produzir, ter filhos? Intuo que a reclusão seja também uma forma de conter a gula masculina e a nossa própria fome. Dar um tempo pra que nosso novo corpo se acomode antes de ser de novo espezinhado.

O meu encontra-se em polvorosa. Não é só a menstruação, não, todo ele é um canteiro de obras: os ossos doem como se estivessem sendo esticados, os joelhos latejam como se fossem rebentar, os seios machucam como se fossem duas pedras encrustadas no meu tronco (impossível deitar sobre eles sem algum tipo de treinamento de faquir). Fora minha cabeça, que parece ter se rompido, misturando o que estava dentro e o que existe fora: vejo uma menina albina e ela parece saída de uma história que acabei de ouvir, encontro outra num dia de tempestade e ela parece ter se materializado diante de mim pela minha vontade; o desejo de um se insinua em meu corpo como se fosse meu, e o barco em que eu seguia minha vida corre sem piloto. Pego o leme do motor de popa, mas ele dança em minhas mãos e a voadeira percorre, com vontade própria, veredas de água cada vez mais embrenhadas na mata. Aos trancos e barrancos vou inventando meus rituais. O que é isso que eu sinto quando vejo Kassuri? O que é isso que Yakaru sente quando me vê? Pra onde foi minha vida de antes? Onde está ela? Cadê minha mãe? Pra onde vou? Fecho os olhos imaginando que, a qualquer momento, vou me chocar contra o barranco na próxima curva do rio.

— Ana!

Abro os olhos e o sol me acerta como uma pedrada. A cabeça dói. É Maluá, que trabalha com meu pai nas escavações.

— O que tá fazendo? Tá triste?

Eles aqui não podem ver ninguém sozinhos e calados, silêncio é sinônimo de tristeza.

— Não, estou só pensando...

— Quer ver o sítio? Faz tempo que teu pai te espera.

Sem que eu tenha tempo de responder Maluá me puxa pelo braço. Vou sendo empurrada por uma trilha meio enlameada, de mato alto, encharcado. Ele calça galochas de borracha e empunha seu facão que, na mata, é quase um terceiro braço; afasta com ele galhos e teias de aranha, que se refazem em uma velocidade impressionante. Bate, quando é preciso, na folhagem que ladeia a trilha e o som agudo, metálico, reverbera nos troncos e se estilhaça no espaço, espalhando fragmentos de ecos que fazem da floresta um labirinto.

Ele avança alegre e sem dificuldade, mas eu vou levando na cara os fios grudentos das teias estraçalhadas; a galhada fina das plantas rasteiras me arranha as pernas e sigo chapinhando com meu chinelo de dedos até que ele se cola de vez ao chão. Ao insistir no passo, sinto a alça de borracha rebentar. O que pode ser mais desagradável do que um chinelo estropiado numa trilha lamacenta na mata? Pego os chinelos na mão e continuo a andar, a terra úmida metendo seus dedos pegajosos entre os meus.

— Quando os dois irmãos, o Sol e o Lua, fizeram a manhã, jogando pra cima as plumas vermelhas da cabeça do pássaro Ulupukumã, o povo antigo, ancestrais dos humanos, que vivia na escuridão em torno dos cupinzeiros, não conseguiu enxergar com tanta luz e se transformou em cobras, tatus, raposas e outros animais. Só o protetor das raízes, das ervas que curam e fortalecem, o dono da medicina, não quis se transformar em bicho e entrou no tronco da copaíba. Foram eles que deixaram os pedaços de cerâmica e pedras lascadas na mata, onde a terra é preta — aponta adiante.

O mato enfim dá trégua e se abre numa grande clareira, embora de clara não tenha muita coisa. O céu está turvo feito água barrenta. Aqui e ali há recortes no chão, como se a terra tivesse recebido dentadas de algum enorme animal faminto. Os marcadores plásticos sinalizam as escavações. No centro de tudo vejo meu pai agachado junto a uma fenda profunda no chão, o tronco curvado sobre alguma coisa. Mais cacos de cerâmica milenares? Pra mim o trabalho de um arqueólogo se parecia com tentar ler um livro sem capa, com páginas arrancadas, não numeradas, cheias de rabiscos e fora de ordem.

Nos aproximamos, aliás, eu me aproximo; Maluá não avança mais, parece, de repente, pregado ao chão. É um homem grande, mais alto que seus pares, sua mãe é de um povo vizinho. Em seu rosto, em geral alegre, vejo uma sombra. Meu pai manuseia um pincel entre as linhas mestras orientadas ortogonalmente. Ossos: é o que tem diante de si, agora posso ver. O arqueólogo levanta os olhos sem esconder sua excitação:

— Uma falange distal, uma falange proximal e uma falange média — aponta um a um os pedaços. — Um dedo completo!

Olho para aqueles pequenos ossos brancos sobre a superfície escura. Tenho a impressão de que eles vão tremer, criar vida e voltar a se enfiar na terra, como vermes procurando o sossego do chão. Meu pai alinha os três na posição correta, não deixa escapar seu tesouro. Assim, sozinho, aquele dedo parece um indicador em riste. Será que era o que faltava pra nos indicar a direção? Aqui estamos nós, ele a cavar avidamente sua amada Terra Preta, a terra miraculosamente fértil dos índios; eu cavando dentro de mim, tentando extrair a tristeza e encontrar outra coisa pra pôr no lugar, mas o dedo desenterrado da barriga da floresta nos aponta apenas o próprio chão. Maluá murmura ao longe palavras desconexas: "dedo de Lua, dedo de Lua". Está branco como um fantasma e, sem dar as costas, volta pela trilha que acabamos de atravessar. Meu pai só tem olhos pra seus ossos e, nas duas horas seguintes, trabalha com sua trena, pincéis e caderno, ignorando a ausência do assistente, medindo, marcando e limpando, como se a terra ao redor de seu achado fosse ouro em pó.

Quando o dia começa a dar sinais de cansaço, recolhemos as tralhas e voltamos para uma casa silenciosa. Meu pai deixa seu equipamento e segue direto pro banho: hoje não temos visita. Não tem homens perguntando pra ele sobre descobertas arqueológicas e rapidamente derivando o tema pra piadas, acusações de namoros clandestinos e travessuras amorosas das companheiras uns dos outros, aprendendo a mexer no GPS, barganhando pilhas ou oferecendo um naco de peixe com beiju recém-assado. Quanto mais se avizinha o Kuarup, mais frenético o ritmo de trabalho na aldeia e mais cansados estão todos ao cair da noite. Há reparos na casa dos homens pra fazer, as mulheres trabalham com afinco nas roças, na colheita da mandioca, e os homens se organizam para as grandes pescarias: afinal, será preciso alimentar todos os convidados das aldeias vizinhas, mais os brancos. Mesmo assim, esse silêncio em nossa casa é incomum.

Com muito esforço, acendi o fogo sozinha pela primeira vez. Confesso que apelei pra tampa da caixa de papelão das bolachas, já quase vazia, mas, mesmo assim, minhas bochechas doem de tanto assoprar e meus olhos ardem da fumaça. Pro meu alívio, as chamas começam a lamber, preguiçosas, as cascas da madeira e as brasas vão acendendo em estalinhos contrariados.

Meu pai acaba de voltar do rio, cheira a sabão e folhas pisadas.

— Falange distal, falange proximal, falange média — esse é seu novo mantra, que ele repete dando uma piscadela de olho.

É a primeira vez que vejo meu pai tão animado desde que chegamos. Aliás, é a primeira vez que o vejo tão animado neste século. Pendura a toalha numa vara fincada na parede e as baratinhas que moram na palha fogem para se enfiar noutras frestas do sapé.

— Maluá passou pra deixar o GPS? — ele joga o corpo na rede, que range em protesto e, em seguida, sossega.

Faço que não com a cabeça. Maluá deixou o sítio de maneira curiosa; pela primeira vez entrou na trilha sem nos tocar adiante com aquela mãozarrona dele, sem ver se avançávamos bem, sem parar pra escutar um bicho ou colher algo no caminho. Não parou aqui pra guardar as coisas nem se despedir, mas o cansaço do dia logo nos vence e não pensamos mais nisso. Adormeço quase de imediato e tenho um sonho curioso. Estou sozinha na floresta. É mata fechada, mas está claro, como se a luz viesse do chão e não do céu. Viro e vejo um pé de pequi, mas ele está pelado, sem folhas, flores ou frutos. Reparo bem e vejo que seus galhos, na verdade, são raízes. Posso ver a seiva circulando dentro delas.

Então aparece um beija-flor, ou, pra ser mais exata, é como se ele tivesse estado sempre ali, mas só agora eu pudesse vê-lo, quase imóvel, vibrando no ar, entre os galhos-raízes do pequizeiro.

— Você chegou? — ele pergunta.

— Cheguei — respondo como se fosse a coisa mais normal do mundo um beija-flor falante.

— Então vamos pra casa — e se põe a voar.

Eu o sigo. A princípio com dificuldade, dando topadas nos tocos das raízes que saem pra fora da terra e metendo os pés nos buracos invertidos, mas, à medida que avanço, meu corpo se torna mais e mais leve até que deixo de tocar o chão. Vou flutuando sobre o solo-céu com o beija-flor à minha cabeça. Voamos muito, até que chegamos a uma aldeia. O sapé das casas é verde e cheiroso. As filhas do beija-flor me trazem mingau e beiju. Eu tomo, mas o mingau nunca acaba, eu como, mas o beiju não termina.

— Você não comeu tudo, minha sobrinha — diz o beija-flor.

— Depois eu como.

Uma mulher se aproxima e vira a cuia no chão, o mingau vai entrando pela terra. É Padjá! No fundo da cabaça sobram três tapurus, o verme branco que come pau podre e que os indígenas consideram um quitute sem igual.

— Padjá! — chamo, mas ela não responde.

Seguro seu braço. Ela olha os tapurus que atravessam a cabaça e vão entrando na terra também.

— Que dedo de Lua que nada, esse osso não é tão antigo assim, deve ser seu mesmo.

Meu? O que ela quer dizer com isso? Olha para minhas mãos. Não falta nenhum dedo nelas. Ou falta?

Pedra, papel e tesouro

Uma mobilete vermelha e amassada freia bruscamente, dá a volta no canteiro sem rosas e vem parar junto dela.
— Por que você não atende o telefone? Fiquei preocupado.
— Desculpa, eu tava distraída...
Parado na praça vazia, o carrossel de cavalos brancos com ricos arreios de pedrarias de fibra de vidro é inútil e desajeitado. Já era tarde, as memórias e a leitura tinham-lhe comido o domingo.
— Você tá com fome?
— Agora que você falou... Mas você não vai trabalhar hoje?
O namorado olha o relógio.
— Tenho meia hora.
Entram num restaurantezinho chinês prestes a fechar, com seus bibelôs de louça cor-de-rosa, estátuas de corpo de cachorro com cara de dragão e inscrições que tanto podiam ser de votos de boa fortuna como frases lhes mandando à merda — quem saberia? Atrás do balcão uma senhorinha enrugada cochilava junto ao caixa enquanto um homem de meia-idade se ocupava em fechar as janelas. Encomendam nems e brioches de arroz.
Ele a observa mastigar a comida quente, os olhos fixos no espaço, ondinhas de vapor saíam da massa transparente.

Sempre achou elegante a maneira dela comer, capaz de parecer ausente em ato tão físico, mas agora sua ausência o agride. Um vento gelado golpeia a porta fazendo-a escapar das mãos do velho, escancarando-a e sacudindo os copos no aparador numa sinfonia nervosa de vidros. A placa pendurada na maçaneta rodopia no ar: aberto-fechado-aberto-fechado.

— Feitiço de vento... — murmura, os olhos vidrados na rua.

— O que você disse?

— Nada, deixa pra lá — e volta a mordiscar seu brioche.

Ele se levanta no vazio do silêncio dela, mergulhada num rio de lembranças às quais ele não pertence. Estrangeiro em seu próprio país, dividido entre o respeito e o despeito, pega seu capacete, checa o relógio, veste a jaqueta larga demais sobre a camisa de nódoas antigas e sai pelas ruas de Paris. Ela vê o namorado se afastar. Apesar das pernas fortes e dos passos decididos, sua imagem lhe parece difusa, o espírito dela vagueia em outra aldeia. Lembrava-se agora: devia estar guardado em algum lugar na mala que ficava na prateleira sobre a porta, numa velha lata de biscoitos champanhe, entre ametistas e sideritas... Separa um punhado de notas amassadas que deixa junto da mulher que cochila ao lado do cachorro-dragão, e se apressa no rumo de casa.

No minúsculo hall, junto aos casacos, chapéus, à capa impermeável e ao guarda-chuva torto, Ana escala o banco não de todo confiável, se espreme, estica e alcança a mala, nessa altura coberta de poeira, despencando sobre o sofá que ainda era cama naquele domingo. Dentro da caixa, uma lata de biscoitos azul e prata com letras em alto-relevo. Passa a mão pela tampa limpando o pó. Dentro, sua coleção de pedras, mais os brincos de sua mãe, uma flor seca do cerrado, pulseiras de miçanga com diversas cores e desenhos, uma cinta de palha de buriti, seu colar de caramujo e uma pequena caixa de madrepérola onde um dia guardou um osso, aquele pedaço de dedo que lhe fazia sonhar com Anakinalo, a índia que sobrevivera debaixo da terra cavando um túnel pra bem longe de sua aldeia natal. Que estranha prenda essa que foi capaz de guardar! Pensa ela agora, tão distante no tempo e no espaço de onde e quando aquilo lhe pareceu ser o certo a fazer.

Arqueologias familiares

Faz três dias que Maluá não aparece. Padjá vem logo cedo, acende o fogo, faz beiju, passa café, mas anda quieta, não conta histórias, não pede açúcar nem bolacha pras crianças. De tarde não vem mais. Anda muito atarefada com os preparativos do Kuarup. Como segunda mulher do chefe e dono do morto, recaem sobre ela mil responsabilidades. É a casa deles a principal fornecedora de comida da festa. Também tem que terminar junto com sua irmã os enfeites do tronco, um colar de caramujo pro falecido entrar bonito na aldeia dos mortos — lá onde todos andam enfeitados, diariamente em festa — e os demais apetrechos de que ele possa vir a precisar em sua jornada no avesso da vida.

Kassuri, sua filha que deixará a reclusão, precisa de jarreteiras novas e deve providenciar as sementes de pequi pra serem distribuídas aos lutadores das outras aldeias. Além disso, é preciso colares pra dar de presentes às visitantes — sobretudo às mulheres das famílias dos chefes. Também é bom ter algum artesanato pra trocar no final da festa, na grande feira do Moitará, com os outros parentes que fazem artesanatos especiais ou com os brancos, com suas coleções infinitas de objetos de desejo: camisetas, bonés, chinelos, redes, tênis, cangas, pilhas, lanternas, dinheiro.

Quero crer que isso chegue para justificar a ausência de Padjá e tento ignorar o fato de que quase mais ninguém nos dirige a palavra, ou que, quando fazem, são apenas cumprimentos rápidos, breves acenos de cabeça, sem piadas ou brincadeiras, sem tempo de jogar conversa fora, sem convites pra ir à roça, banhar no igarapé, procurar mel, saúvas ou tapurus pra comer. A falta de Maluá é mais difícil de botar na conta do Kuarup. É verdade que ele é um excelente pescador e imprescindível nas grandes pescarias que antecedem a festa, mas, na ausência de geladeiras, os homens só vão sair pra pescar um dia ou dois antes da chegada dos rivais (os parentes que disputarão com eles o huka-huka).

De qualquer forma o sumiço de Maluá, somado à descoberta das falanges e à proximidade da cerimônia, faz com que Padjá se dedique menos à nossa alimentação: meu pai não volta mais pra casa pra almoçar e até mesmo eu, na falta de alguém mais qualificado pro trabalho, passo os dias ajudando-o no sítio. Confesso que o trabalho me convém. Assim não preciso lidar com meus dilemas cotidianos: ir ou não procurar Kassuri, desejar ou não que Yakaru apareça, nem com minha nova condição de invisibilidade. Parece que já não sou exatamente novidade por aqui.

Nós nos levantamos às seis (o pessoal começou a despertar entre quatro e meia e cinco da manhã, mas seis já me parece heroico e não estou disposta a negociar essa pequena regalia); quando ouço meu pai sacudir a rede e pendurar as cobertas na vara pra preservá-las dos insetos, ainda me encolho uma última vez no abraço da rede de algodão. Faz frio, muito frio. As noites nessa região, entre a floresta densa e o cerrado, são cruéis. Depois caio fora num pulo; antes de perder a coragem, pegamos nossas toalhas e descemos pro rio. Ainda cruzamos na picada com os últimos retardatários do banho do amanhecer. Menos de um mês atrás consideraria impensável entrar na água gelada a essa hora da madrugada (na minha humilde concepção do tempo), mas cá estou. Sobre esse primeiro banho do dia, aqui dizem que é para curar lundu, tirar a preguiça do corpo e espantar o frio. Miraculosamente, assim é: uma vez que se tem a coragem de encarar as águas glaciais, o frio da noite abandona seu corpo e um novo dia pode começar.

    Quando voltamos pra casa, Padjá já fez café e o cheiro do beiju assando na brasa é o melhor antídoto pra qualquer desgosto. Rede, banho de rio, chafé, beiju: nosso pequeno ritual de todas as manhãs. Enfiamos nas mochilas os últimos pacotes de bolacha, uma ou duas latas de sardinha pro almoço — sim, parece ridículo comer sardinha em lata em pleno Xingu, o paraíso dos peixes, mas começamos a apelar pra elas desde o início da semana — e enrolamos um pedaço do enorme beiju matinal para acompanhar. À tarde ele estará seco e borrachudo, nada dessa maciez úmida do beiju recém-assado, mas não se pode ter tudo nessa vida. Catamos nossos equipamentos, as inseparáveis trincas de lanterna-isqueiro-canivete, os cadernos de campo; meu pai passa a mão no facão e partimos.

    O sítio em que estamos trabalhando fica próximo, cerca de dois quilômetros da aldeia. Tem outro mais adiante, a quatro quilômetros, e um terceiro bolsão de Terra Preta do outro lado, acima da lagoa, onde os indígenas fizeram uma grande roça de milho. O ideal seria mexer lá em cima só depois da colheita e, mesmo assim, a negociação será difícil. Agora há melancia e abóbora plantadas também. E banana. Cada coisa dá no seu tempo e sair esburacando a plantação, impedir as pessoas de passar nos caminhos, interditar áreas semeadas para a escavação, não é o que mais alegra os corações de quem plantou e quer colher. O que a gente chama de sítio arqueológico eles chamam de roça, mata de remédio, dependendo do que foi feito daquela área em seus usos rotativos.

    Não há uma separação entre o passado e o presente. Não dá pra passar uma régua na terra e dizer: vamos lá, aqui é objeto de estudo da história antiga, dali pra lá estamos na era contemporânea e segue a vida. Mas é justamente isso que deixa o trabalho interessante e é a questão central do estudo do meu pai: reunir um tanto suficiente de evidências pra demonstrar a continuidade da ocupação indígena nessas bandas. De qualquer forma, aquele papo de mata virgem que a gente escutou a vida toda é pura balela. Parece que as primeiras aldeias circulares foram estabelecidas — na nossa marcação temporal — no ano 900 depois de Cristo. É daí que datam as primeiras cerâmicas encontradas por aqui. E, vou te contar, o chão está coalhado delas. Depois, vem um segundo período, o xodó do meu pai, que vai aproximadamente de 1250 a 1650 e deu corpo às incríveis aldeias fortificadas. Calcula-se que, nesse período, existiram aldeias com até dez vezes o tamanho das atuais, cada uma delas associada a um agrupamento de aldeias menores, constituindo unidades políticas autônomas e ligadas às demais por estradas de até vinte metros de largura e cinco quilômetros de extensão. A terra sob nossos pés é um mapa delas. Por essas configurações, este período foi chamado de Galáctico. Adoro esse nome. Imagino as constelações de aldeias espalhadas por esse universo verde enquanto estou debruçada nessa cova com extratos de terra de diferentes colorações, segurando a ponta da fita métrica. Enquanto isso, o arqueólogo rabisca em seu caderno letras e números que mais parecem hieróglifos de civilizações perdidas.

    Mas, se não estou enganada, nós nos encontramos, dentro desta cova, olhando para vestígios do período proto-histórico, em que as gigantescas aldeias fortificadas caíram em desuso, dando lugar a aldeias circulares de menor porte. É por esse tempo que chegaram os indígenas de tronco karib nessas regiões antes ocupadas pelos do tronco aruak. No século XVIII chegaram os povos tupi e no XIX os trumai, formando essa grande sopa cultural xinguana. O bom de estar sentada sobre o século XVIII é a quantidade abundante de bananas do século XXI que tenho ao alcance das mãos e que tanto alegrará nosso almoço à base de sardinha em lata e beiju seco. Banana e Terra Preta: que dupla! As pencas crescem rápido, abundantes e doces feito mel... Pronto, já me alinho com os donos do milharal da lagoa: quando a fome fala mais alto, às favas com escavações arqueológicas e outras confusões!

De tarde meu pai acende o pequeno fogareiro a gás de acampamento, passa um café e dissolve pra mim duas colheres de leite em pó numa xícara grande, esmagando com paciência as pelotas brancas que se formam e mexendo bem até a mistura ficar uniforme e cremosa. Acrescenta meia colher de açúcar (estamos em racionamento) e coloca duas bolachas de maisena num prato que me estende. Acostumada à personalidade solar de minha mãe, custo a perceber o afeto lunar de meu pai. Com a água do nosso cantil, lavo como posso as mãos cheias de terra pegajosa, sento e mastigo em silêncio, bebendo a mistura em pequenos goles. As bolachas têm o gosto das lágrimas que não derramei e descem salgadas por dentro da garganta.

Parece que temos visita: o chefe Kamaka aparece no fim da picada balançando seu corpanzil. A operação do joelho faz com que manque suavemente, jogando o peso do corpo de um lado para o outro e lhe dando um caminhar suingado que em nada lhe tira a dignidade. Vem de peito aberto, mas com o semblante contraído, vestindo seu imponente chapéu de pele de onça que só um chefe pode ostentar.

— Uemã entsagüe? — pergunta pro meu pai.

— Nhalã.

— E a menina Ana, como está?

— Estou bem, obrigada.

— Quer um café, tokô? — Kamaka e meu pai se tornaram irmãos pelos laços de parentesco forjados na aldeia, por isso ele não pode pronunciar seu nome. É assim mesmo que deve chamá-lo: tokô, "meu irmão mais novo", e com muito orgulho desse privilégio, embora o chefe seja visivelmente mais velho.

— Quero sim, meu irmão. E uma bolacha dessa.

Meu pai serve uma xícara de café com duas colheres cheias de açúcar, que é como Kamaka gosta — pro chefe não tem racionamento, claro. Abre um pacote novo de bolachas e estende em sua direção. Kamaka toma o café e mastiga as bolachas com gosto. Por alguns minutos parece que essa é apenas uma visita cordial, sem objetivo definido; o tempo transcorre entre nós sem fazer ninho, mas a leve ruga na testa do chefe lembra que veio em missão diplomática.

— Você é meu irmão — começa ele.

— Sim, tokô.

— Por isso eu vim aqui hoje. O pessoal anda contrariado, Maluá disse que você desenterrou osso de gente.

Meu pai fica em silêncio, espera pelo que virá.

— Agora está perto do Kuarup, é perigoso provocar os espíritos. Os espíritos das pessoas que morreram nesse ano ainda estão por perto. Suas almas estão vagando aqui mesmo, entre os vivos. Só quando acabar a festa é que vão embora de vez. Por enquanto ficam andando perto de seus parentes, choram e ficam tentando fazer a gente escutar e ver eles, você entende isso?

Meu pai faz que sim com a cabeça. Kamaka olha discretamente pra mim.

— A saudade e o desejo de ver os mortos é muito perigosa. Faz eles desejarem carregar nosso espírito com eles.

Kamaka suspira. É evidente que está sofrendo. Pra ele também este é um período difícil; está cada vez mais próxima a hora de se despedir de vez de seu primogênito, tomar o banho do esquecimento. A dor da saudade não é agradável, rasga a gente em mil pedaços, de novo e de novo, mas pelo menos é algo a que se agarrar. Sem a dor, o que nos sobra?

Não é preferível ao vazio? E não seria uma traição à memória dos que amamos — e perdemos — voltar a se alegrar em sua ausência? Parece que o chefe escuta as perguntas que não fiz:

— Depois da festa nós vamos voltar a poder nomear os mortos. Por enquanto não podemos dizer os seus nomes, que é para não chamar eles de volta e não deixar eles presos aqui. Depois do Kuarup o perigo maior vai passar. A alma-sombra deles vai para lá — aponta algum lugar a oeste no céu. — A alma-do-olho já mergulhou na grande água.

Meu olhar se perde no horizonte. Ele continua:

— Na aldeia dos mortos tudo é perfeito, a comida é ótima, o espírito fica sempre jovem e bonito e todo dia é dia de festa.

Olho para o resto do nosso pacote de bolachas farelentas e desejo, de todo meu coração, que minha mãe esteja comendo, seja onde for, o beiju fresco de Padjá nas primeiras horas do dia, tucunaré na brasa, cajus e mangabas, ou até mesmo um bom e honesto pão com manteiga.

— A gente vai poder se alegrar quando eles forem pra lá. A alma deles não vai mais ficar vagando em forma de bicho. A tristeza enfraquece o corpo, deixa o espírito solto da carne. Mas primeiro vamos chorar muito! — e solta uma gargalhada. — Vamos fazer uma festa grande pra secar o choro!

É um homem excepcional. Mastiga as últimas bolachas quebradas do pacote; meu pai lhe oferece as bananas que pegamos sem permissão no barranco, mas ele recusa e pergunta de supetão:

— Cadê o dedo?

Meu pai se atrapalha com a pergunta súbita, então me levanto e aponto a cova. O chefe se ergue pesadamente e olha pro buraco, seguindo meu gesto.

— Ah, esse dedo é assim mesmo, só aponta pra dentro, já está há muito tempo na barriga da terra. Se calhar é o dedo do Lua mesmo, que o jakunum comeu, que você anda mexendo em coisa muito antiga... — e volta a sentar.

— Dedo do Lua? — pergunta meu pai. — Que história é essa?

— Pergunta pro Maluá, que isso é história lá do povo da mãe dele.

— Maluá não vem mais trabalhar. Também não devolveu o equipamento de pesquisa que vamos precisar.

— Ele está com medo. Os outros também, mas eu vim aqui fazer a paz. Você está mexendo na terra com a minha permissão, senão, nem aqui você pisava. Além disso, agora você é meu parente branco, meu irmão mais velho.

E dá uma palmada de elefante nas costas magras do meu pai.

— A gente derruba a mata, faz comida — continua ele —, depois planta pequi, que fica pros nossos netos ou deixa formar capoeira, fica sendo mata de remédio. Aí cresce o sapé, que a gente usa pra cobrir as casas; depois de um tempo vira floresta de novo. Na mata que não foi cortada tem muita coisa importante pra gente: tem copaíba pra remédio, pau de fazer casa. Agora vêm os brancos, tiram a mata, plantam soja, jogam veneno, tiram a soja, plantam mais, jogam veneno de novo... Todo ano jogam veneno! Eles dizem que a terra é deles e tratam ela assim? Eu não entendo, como vocês vão fazer no futuro? Dizem que compraram a terra e têm papel pra mostrar, que ninguém pode ir lá dentro. Com a gente não é assim, a gente pode ir na mata dos outros povos. A gente respeita, mas se precisa de alguma coisa que tem pro lado de outra aldeia pode ir buscar. Aqui no Xingu podemos andar tudo na terra dos parentes, mas na terra dos brancos, não! Agora tá apertado, a política do governo não deixa mais recuperar a nossa terra. Antes era só mata, agora é fazenda pra todo lado. Os brancos querem destruir tudo que existe.

O chefe, exaltado, para pra tomar fôlego. Olha em volta nosso pequeno circo com buracos, marcadores, fita métrica e notas — instrumentos de medição e registro pra nossa memória curta e nossa visão de pouco alcance.

— O gavião levanta voo, roda, roda, olha tudo e depois vem pousar no mesmo galho, no mesmo tronco. Se cortarem o galho, se queimarem o tronco, onde é que ele vai pousar? Vai ficar andando lá em cima, sem sossego, rodando, rodando. Eu sou como gavião, se cortarem a floresta eu fico perdido.

Kamaka dá um murro no tronco onde está sentado.

— Eu já falei pros outros: você fica. Vai mostrar cerâmica, vai mostrar Terra Preta. É só um pedacinho que a gente perde de plantar. E vai mostrar cemitério também. Isso é o mais importante! Vai pôr tudo no papel — diz, batendo com força no caderno ao lado dele (gêmeo do caderno de campo, mas que é apenas meu diário de viagem). — Os mortos não vão gostar, os vivos vão ficar contrariados, mas os nossos avós vão entender, quem tiver comigo vai ter que aceitar. Branco só respeita papel mesmo, universidade, governo. Eu falo, a minha boca chega em Brasília, mas o ministro não escuta.

Ele se cala um instante, olha bem pro meu pai e lhe aponta o dedo:

— Você fica sendo a minha caneta: vai mostrar que essa terra é nossa mesmo. Só índio sabe deixar a floresta de pé. A gente segura ela e ela segura a gente.

O chefe desfranze a testa e abre de novo seu sorriso monumental — num segundo faz a terra tremer, no outro, as folhas dançarem. Termina:

— Na verdade, meu irmão, a gente está segurando vocês também — ele abre a mão espalmada pro céu —, a gente que tá segurando o mundo.

Se ergue:

— Amanhã você vai comigo buscar o tronco do kuarup — e sai bamboleando pela trilha que leva de volta à aldeia.

Rua dos Bobos, número zero

Ana anda apressada pelas ruas do Quartier Latin. Corta caminho pelo Jardin des Plantes, onde moram alguns de seus amigos da gringolândia: a ninfa orgulhosa que cavalga um peixe gigante, o Pã encantador de serpentes, a mulher com o arco e uma última escultura que nunca deixa de visitar, já na fachada do Museu de História Natural. Nela, uma mulher está deitada, nua; sobre ela um jacaré que um homem ataca com uma longa vara; ao lado dele, uma segunda mulher se esquiva — mais do gesto bélico do homem do que do animal — enquanto ampara dois bebês junto aos seios. É a representação exata da história do Jacaré, do Maricá e suas duas esposas, a história da origem do pequi! Será que já fomos todos índios? Havia mundos, Ana sabia, onde a mitologia organizava os fazeres, orientava os comportamentos, dava os exemplos, explicava as origens, mas não apenas: mundos onde fazer é lembrar e lembrar é viver. Pensou, uma vez, que o que mais lhe agradava em Yakaru não era seu porte de lutador, ou a maneira como andava com desenvoltura na mata, mas o fato dele gostar das histórias. Engano seu, quem gostava de histórias era ela, as histórias faziam parte dele. Desta distância, porém, do isolamento asséptico do Velho Mundo, elas realmente pareciam histórias, não lhe cruzavam a carne como flechas.

Alcança o prédio da Sorbonne. Um pouco mais amassada que os colegas com quem cruza nos corredores largos, um pouco mais descabelada do que de costume, cheia de sono e se sentindo enjoada — provavelmente por culpa da garrafa de vinho que tomou inteira na noite anterior enquanto lia o diário. Antes de sair, voltou a escrever pro pai. Se não fosse por ele, como aquele caderno teria vindo parar em suas mãos? Sua resposta não fazia o menor sentido. No corredor que dá acesso ao departamento de Estudos Latino-Americanos, no painel de notícias, uma manchete sobre as queimadas na Amazônia: "*La Forêt Brûle*" — A Floresta Queima. Pelo jeito a fumaça já se espalhou. Tropeça nos cadarços desamarrados e derruba os livros no chão. A velha universidade aproveita seu descuido e lhe passa uma rasteira. Os grandes blocos de pedra do piso, polidos por anos e anos de estudantes apressados em sapatos de couro, a observam. Junta os volumes de literatura comparada, tradições ameríndias, estudos amazônicos. Entre eles o primeiro esboço de sua tese inconclusa:

"*Da Queda e Outros Tropeços:
encontros e desencontros entre narrativas ameríndias
e o mito do paraíso*"

A velha epígrafe indígena a encara como a esfinge: "*Essa história aconteceu no tempo em que nós ainda entendíamos os animais. Não apenas os pajés, todos nós podíamos falar com eles. No nosso começo, os animais tinham fala de gente, mas não apenas eles, também os paus, os cipós, a cabaça, as pedras, o fogo: eles falavam e a gente entendia*".
E nós, algum dia já ouvimos algo além da nossa própria voz? Junta suas coisas, seu corpo distraído, e recolhe as letras derramadas nos papéis que um dia já foram árvores.

Dedo de Lua

São cinco horas da manhã. As esposas do chefe, Padjá e Diamurum, estão fazendo mingau. É pra dar para a árvore que os homens vão cortar, pra lhe acalmar o espírito e ela não se zangar com os donos da festa. As mulheres fazem o mingau de pimenta (que para o espírito da árvore é mingau de mandioca mesmo) que os homens levam numa bonita panela de cerâmica, amarrada com fio de buriti, pra agradá-lo ainda mais. Padjá me sorri enquanto enfeita a panela. Parece que a visita de Kamaka trouxe trégua para nós, os chafurdadores de covas: a velha cordialidade volta a nos rodear. Ela separa também o algodão que vão colocar no corte do tronco quando ele sangrar sua seiva. Os enlutados, que são mais frágeis, nessa hora vão se cobrir pra ficarem invisíveis aos olhos da árvore. Pra transformar a tora no duplo de um parente só há uma forma: a fabricação do corpo; o mesmo método pelo qual se produz qualquer relação de parentesco aqui. É assim que eles tentam transformar um espírito em parente, como os espíritos fazem quando capturam um humano: dando-lhe comida e o agradando.

O pajé vai tratar de apaziguar o espírito da árvore com a fumaça do seu tabaco; se puder vai fumar até desmaiar, que é para morrer um pouco e ouvir o que ele tem a dizer. Em seguida vai mergulhar folhas mentoladas no mingau de pimenta e passar no tronco, dando-lhe de beber. Assim, a árvore vai, aos poucos, se solidarizando com os humanos e a família do morto. Nesse momento o espírito dela é capaz de ver aqueles que, na comitiva, têm seus dias contados. Então o pajé lhe pede, encarecidamente, que se cale, não anunciando novas tragédias que só trariam mais penas. Pede a ela que não se zangue com seus netos humanos e empreste de bom grado seu corpo para dar corpo aos mortos de quem devemos nos despedir.

Eu pergunto tudo, olho tudo, com a minha já famosa bisbilhotice de cutia. Muneri fez um fogo no pátio, na frente da casa, pra todos se esquentarem. Quem chega do banho se arrancha ali, deixando o calor das chamas secar a pele e se espalhar pelos membros, dando coragem. Todos acordaram muito cedo, até eu, mas vou pular o banho até o sol esquentar um pouco mais. De qualquer forma, as mulheres não vão na expedição, só os homens, e apenas aqueles que respeitaram a interdição de ter relações sexuais ou não tem filhos pequenos, muito vulneráveis aos espíritos.

Os rapazes estão nus, a água escorrendo pelos troncos, enquanto quase morro de frio no meu moletom com capuz. Mais tarde o sol vai queimar a pele, o suor vai minar dos poros; por enquanto só o abraço gelado da madrugada. A nudez escancarada deles me perturba. Meto as mãos no fundo dos bolsos, as enterro com tanta força que começo a sentir um furinho se abrindo na costura do bolso direito. Enfio o indicador nesse furinho e vou alargando. Com a ponta do dedo, posso tocar minha barriga, meu umbigo, sinto minha pele e as reentrâncias do meu corpo: também estou nua dentro das roupas.

Uma barra alaranjada vai empurrando o azul pra ontem. Com o sol chegam Yakaru e um grupo de jovens. Ele me sorri o seu riso de dentes brancos, perfeitos como conchas polidas, seu corpo ainda carrega a lagoa, brilhante sob a luz da manhã. Eles não sentam; é preciso secar de pé, a água escorrendo livremente da pele para o chão: só assim a água pode refazer a cada dia os contornos da pessoa. Me sinto feia e rota no meu moletom cinza, a cara amassada de sono e sem coragem para me banhar. Pra piorar, a menstruação me deixou de herança, bem no meio da testa, uma espinha medonha. Nossos olhares se cruzam e puxo o capuz sobre os olhos sentindo um arrepio, como se me arrancassem fios de cabelo da nuca.

O pai de Yakaru começa a pintar os rapazes e os outros homens da expedição. São tramas complicadas que ele grafa pacientemente com um palito embebido em jenipapo. O preparo de jenipapo, ao entrar em contato com a pele, é quase transparente e só aos poucos as linhas vão pretejando e se inscrevendo no corpo. São magníficos desenhos caligráficos que, eu sei, contam coisas, mas numa língua em que sou analfabeta. Tem desenho de peixe, de onça, de pássaro. Tem desenho de pele de cobra, de caminho de formiga, de rastro de anta. Tem desenho que está na moda e outros que ficaram esquecidos. Os rapazes parecem gostar muito da pintura de gavião, mas Muneri escolhe a do quero-quero, passarinho suave, de pintura bonita. Apesar dos desenhos serem emprestados dos animais, quando eu pergunto por que pintam o corpo, ele me responde:

— E você, por que não pinta, quer se parecer com os bichos?

Pintando a pele, eles podem escolher e mudar de aparência, privilégio de gente.

Até meu pai ganhou pintura de jacu. Faz uma figura meio ridícula, de calção de nylon preto, com as pernas muito brancas e peludas que Padjá pintou em meio a chacotas, abrindo caminho entre os tufos de pelo como se abrisse picadas no mato. As braçadeiras, joelheiras, os cintos, colares e brincos completam os trajes. Kamaka também sai da casa pronto e paramentado, com o fiel chapéu de onça. É ele quem deve encontrar o chefe das árvores, a árvore grande, de quem as outras em volta são filhas, e escolher com ela a que será cortada para emprestar seu corpo à memória do filho morto. Seu tronco deve ser alto, perfeitamente cilíndrico, belo e forte, como o corpo de um lutador. A madeira do tronco do kuarup é dura e pesada, cresce devagar e depois demora muito tempo para apodrecer no fundo do rio, que é onde ela termina, finda a festa e o luto. São necessários muitos homens pra carregar seu tronco.

    Eu ando para lá e para cá, espiando os desenhos, ouvindo as explicações que um e outro se dispõe a me dar, anotando tudo. Maru também está por ali e fico feliz de rever o meu amigo.

    — Você chegou? — pergunto.

    — Cheguei — me sorri. E ouso pensar que ele também sentiu minha falta. Que bom que a visita de Kamaka nos tirou da geladeira.

    — Essa menina é pior que pesquisador! — exclama um, apontando meu caderno e provocando o riso geral.

    — Anakinalo foi enterrada porque sabia demais! — completa outro, arrancando mais risos.

    A ameaça, somada à barriga vazia e à fumaça da fogueira, me causa tontura, mas minha gula de saber é maior. Mesmo assim, fecho o caderno e me contento em ouvir e olhar. Enquanto todos estão ocupados com os últimos preparativos, Yakaru segura minha mão e aperta. Sinto de novo o formigamento entre as pernas, como no dia em que tomamos banho na lagoa e ele me contou a história do jacaré. Vejo que Maru está olhando e sinto meu rosto corar. Maru faz um gesto com a cabeça, me indicando a casa atrás de nós — a casa de Kamaka. No meio da palha, vejo um buraco que não estava ali, com três dedos finos e claros. Droga! Uma semana de comportamento exemplar, sem ver nem falar com Yakaru, arruinada num segundo aos olhos de Kassuri! Como isso pôde acontecer? Como fui ser tão imprudente de trocar com ele esses olhares e deixar que me segurasse a mão bem em frente à sua casa? É verdade que ela deveria estar nos fundos, e não ali, espiando o pátio, mas como resistir àquela agitação, os rapazes sendo enfeitados debaixo de seu nariz, e se contentar com as miçangas em seu quarto de reclusa?

Os homens partem, enfim. Vão enfeitados e gritando de alegria, tudo pra que o chefe das árvores não se sinta ameaçado e não ameace ninguém da expedição. São os gritos dos homens, o mingau das mulheres e o cheiro do tabaco do pajé que vão apaziguar seu espírito. A árvore se conforma com o uso de seu corpo pela família, mas todos sabem que ela não se transformará no morto de verdade, que ela não receberá sua alma e nunca deixará de ser um espírito da floresta. Sabem que é apenas uma imitação e que o tronco só se parece mesmo com a mãe dos gêmeos, a primeira falecida, a partir do qual ela foi fabricada. Apesar de todo o esforço, todos sabemos que os nossos mortos não voltarão a viver.

Quando o som dos gritos se distancia, pergunto a Maru se ele quer ir ao sítio comigo. Noto que ele olha para os lados, se certificando de que ninguém ouviu o convite, mas não demora muito em concordar. Parece que está morto de vontade de dar um pulo em nosso sítio meio maldito, meio milagroso. Eu também não deveria ir lá na ausência do meu pai: tinha me pedido que não tocasse em nada sem a sua orientação, mas mostrar as escavações a Maru é a única coisa capaz de me distrair agora. Se ao menos Kassuri não tivesse me visto com Yakaru... A imagem dela, presa no interior da casa sombria, fora de seu quarto de resguardo — o que era falta grave —, me vendo de mãos dadas com seu pretendente, me embrulhava mais o estômago do que a menção à jovem flautista enterrada viva que me dava apelido. Passo em casa pra encher o cantil, apanhar um pacote de bolachas de água e sal, e ainda encontro uma gloriosa goiabada escondida no fundo da caixa de mantimentos. Só tínhamos tomado mingau de polvilho desde o amanhecer. Cato o canivete, isqueiro, mochila e lá vamos nós.

Ao chegar no sítio, percebo que algo está errado. Uma das barreiras de isolamento está tombada. Meu sangue gela, me falta o ar. Seria obra de bicho ou de gente? Uma onça, um animal da floresta intrigado pelos ossos, ou algum feiticeiro atraído por seus poderes? Alguém melindrado por nossas escavações impertinentes? Sinceramente não sei se temo mais uns ou outros. Afasto a paralisia impelida pela urgência de defender nossa preciosa cova do dedo. Maru vem atrás, tão corajoso e apavorado quanto eu. Seus medos são outros, mas o vulto dentro da cova não é de espírito, como ele temia, mas de homem, como temo eu. Maluá levanta o nariz da terra.

— Vim trazer GPS — diz, apontando a sacola pendurada num galho.

Mas por que ele está dentro da cova, com as mãos cheias de terra, sozinho, justamente no dia em que sabia que meu pai não estaria ali é a pergunta que formiga na ponta da língua. Uma outra pergunta me ocorre, menos confrontadora e de ordem diversa, mas que talvez nos leve ao mesmo lugar:

— Que história é essa de dedo de lua, Maluá? Que lua? — pergunto.

Uma nova luz incide sobre o rosto redondo, como se as nuvens de um céu nublado se esgarçassem e sua voz ganha outra modulação, que a essa altura eu já conheço bem: é voz própria pra narrar histórias, falar das coisas antigas e verdadeiras.

— Ora, lua é o Lua mesmo, irmão do Sol, aquele que começou a gente.

Tiro a mochila das costas e me acocoro na terra para ouvir, Maru orbita à nossa volta.

— Foi o Sol quem quebrou a cabaça onde morava a água, e o Lua, seu irmão, quebrou a cabaça dos bichos, que estava ao lado. Assim foi feita a lagoa grande. Esses rios de curvas foram feitos de cobras. Quando os outros bichos foram deixando a cabaça, o peixe jakunum já foi saindo de boca aberta e engoliu o Lua. O Sol gritou: "Cadê meu irmão?". E o povo que já morreu respondeu: "O jakunum comeu". Então o Sol foi pescar, espalhou pedras no Morená, o centro do mundo, junto da lagoa de Ipavu, formou as lagoas pequenas, os cantos dos rios, e ficou esperando — as grandes mãos de Maluá desenham os esconderijos das águas e contam tanto quanto as palavras, traduzidas e cuidadosamente colocadas no espaço, como as pedras espalhadas pelo dono do Morená.

— Quando o jakunum passou nadando o Sol apanhou ele. Sem demora abriu a barriga do peixe e viu logo os ossos do irmão, recolheu tudo e trouxe até a aldeia. Quando chegou fez um desenho de gente no chão, bem no meio do pátio, e foi colocando os ossos dentro, formando o esqueleto do Lua.

O Sol semeia os ossos, Maluá vai plantando as pedras e eu colho as palavras, uma a uma.

— O Sol colocou folhas por cima e começou a rezar, mas o esqueleto se assustou só um pouquinho. Então ele chamou a sua avó, a mosca. Ela entrou dentro do osso do nariz do Lua. Ele espirrou, espirrou e acabou acordando. Foi assim que Mune voltou à vida. Mas um osso sumiu. É por isso que na nossa mão tem um buraco entre o polegar e o indicador. Essa falta de dedo vem do nosso avô, o Lua.

Olho para as minhas mãos e lembro do sonho que tive com Padjá na aldeia do beija-flor. Dentro do sonho olhei pra elas como agora, procurando o dedo faltante, as histórias vão entrando em mim.

— Eu pensei que esse que seu pai achou fosse o dedo do Lua, que o nosso tempo estava pra terminar e os donos do Morená estavam voltando pra buscar o que era deles.

As palavras de Padjá me voltam à memória: *Que dedo de Lua que nada... Deve ser seu mesmo.*

— Bem, talvez o nosso tempo esteja mesmo no fim — diz Maluá, me arrancando do devaneio —, mas esse dedo aqui é dedo de moça.

— O quê?

Ele afasta a camada fina de terra que tinha deitado às pressas sobre as novas descobertas: outro dedo, um osso do punho, outros ossinhos. Todo o esmero que meu pai vinha empregando nos últimos dias para escavar centímetro por centímetro da cova a fim de não deslocar nem danificar nada tinham sido varridos dali. Em compensação, em duas horas Maluá havia encontrado mais do que a gente em quatro dias de minúcias, fricotes e pinceizinhos. Pulo pra dentro da cova hipnotizada pela visão. Camadas de terra, linhas, formas brancas cobertas de pó, cascalho, areia, buracos e sulcos me chamam. Mergulho na sede de descoberta de Maluá, que há muito engoliu o medo e as orientações do meu pai, e seguimos os dois, feito astronautas bêbados, garimpando ossos na manhã lunar. Maru eclipsou-se.

Au revoir

Nenhum aviso novo na caixa de correio eletrônica. As mensagens pro pai pairam na nuvem, sem resposta, e o parque segue mergulhado em fumaça. No jornal, o atestado de óbito de 200 milhões de árvores só na bacia do Xingu ocupa meia página. São quase 170 mil hectares devastados em um ano, uma área maior do que São Paulo, uma média de seis árvores cortadas por segundo — grande parte ilegalmente em invasões às terras indígenas e áreas de preservação ambiental. O desmatamento do ano é apontado como o grande vilão das queimadas, mas há algo maior, global, em curso, e os indígenas sabem: a pegada dos brancos na Terra é profunda e nefasta.

O Xingu segue mais quatro dias à espera do corpo de bombeiros do Mato Grosso. *"Que façam a dança da chuva"*, escreve um qualquer na rede. Que tortura a internet pode ser! Fica aflita com a falta de resposta do pai, com notícias mais frescas — aliás, mais quentes. Deve estar em área sem sinal, não é um tipo que se contenta em assistir sentado aos acontecimentos. Além disso, o Kuarup se aproxima e com ele a despedida de Kamaka. Tenho que voltar, pensa Ana. Durante todos aqueles anos, não pensou nisso e sequer soube se podia voltar — mesmo entre os indígenas, a cidade é o refúgio dos enfeitiçados — mas agora sabia: esse diário veio me buscar, veio mesmo me puxar pela mão. Sabia também que aquele osso que guardava há tantos anos não deveria estar ali, exilado de seu chão.

    Os passos pesados do namorado ressoam nas escadas. Ele entra, cansado, tira a jaqueta, pendura o capacete, descalça as botas; um ritual tantas vezes repetido. Pelo baque das chaves sobre o tampo da mesa, ela sabe que ele está tenso, ele deseja que ela fale, que lhe conte algo, e espera calado, mas ela não diz nada. Como explicar pra alguém que sempre viveu na Europa como são os dias no Xingu? Ela se equilibra entre dois mundos, tão exilada quanto aquele dedo. No sonho, os espíritos lhe visitam, e, ao despertar, tem dúvidas se não é ali que anda dormindo. Não encontra as palavras pra se traduzir.

    Ele acende um cigarro, ofendido, praticando contra ela uma pequena agressão consentida. Para ele, o silêncio dela são como lâminas, por dentro, cortando, devagar, na medida em que ela corta pão, em que lê, escreve, em que toma sopa vagarosa, arranhando o prato, em que ajeita as mechas de cabelos que lhe caem sobre os olhos, em que faz a cama. Ele a ama com desespero, como um náufrago agarrado a uma boia no oceano. Ele deseja que ela grite, que pule, que o devore; ela segue amando-o num amor sonâmbulo, entre caminhadas e livros, pratos à mesa e lençóis surrados.

    Ele esmaga o resto do cigarro com as pontas dos dedos já queimadas de tanto fumar, corre as cortinas — ela nunca fecha as cortinas! — e lhe pousa as mãos na cintura estreita. Beija-lhe o pescoço branco, as pontas dos cabelos se fechando em cachos suaves, as veias estreitas e roxas através da pele cheirosa. Os cheiros de óleo, de tabaco, de couro, de banho, de toalhas fedendo a cigarro, se confundem e aturdem. Ela sente as mãos dele segurarem-lhe o pescoço fino, os dedos longos rodearem-no inteiro, num gesto que sempre a desconcerta e excita, pra depois escorrerem pela linha de suas costas, lhe refazerem o contorno do corpo, como se o aprumasse com uma plaina, refizesse as arestas. Ela se vira. E é ela quem o deita na cama, quem lhe desabotoa as calças, quem lhe despe a camisa. É ela que cobre com a mão em concha o sexo morno e o liberta. Ele segura com as mãos viris e torneadas, cheias de veias, o quadril estreito dela; beija-lhe as coxas, o interior das coxas, o calor das coxas. Faz força para penetrar-lhe o sexo estreito, ela morde, esperneia, lágrimas quentes deslizam pelos vincos novos da boca. Em seguida escorregam pra dentro de um mundo liso e viscoso, um mundo quente, de pancadas surdas, ritmadas. Os corpos ganham velocidade, como se apostassem uma corrida, um contra o outro, um com o outro, um pelo outro e, de mãos dadas, saltam de volta pra dentro do quarto velado e pairam, transparentes, no silêncio opaco da noite.

— Eu tenho que voltar.
— A escrever?
— Sim. Não, tenho que voltar.
— Do que você está falando? Voltar pro Brasil?
— Não, pro Xingu.

As águas

No fim do dia os homens regressam. Escutei de longe a gritaria, enquanto vinha do banho. Os gritos deles alegravam a gente, ocupavam o céu espantando os pássaros. Eram três pedaços bojudos de árvore que carregavam em seis ou oito homens cada. Apearam na entrada da aldeia, atrás da casa do chefe, jogando os troncos com estardalhaço no chão. As mulheres trouxeram perereba, o mingau ralo pros homens beberem; só o caldo doce da mandioca espremida. Viravam as cuias como se fossem entrar nelas, cada homem tomava uma cheia por vez, em grandes goles, a cabeça inclinada para trás, os corpos suados curvados como arcos retesados. Os últimos goles eram para o chão.

Yakaru também bebia da cuia servida por uma moça, bonita, muito bonita. Um fio branco lhe escorre pelo canto da boca, depois pelo pescoço e pelo peito; ela espera ao seu lado, até que ele aplaque sua sede. Mesmo de longe eu via seu corpo pulsar, os músculos latejando do esforço sendo preenchido de nova seiva, as pinturas de urucum vinham borradas e desprendiam um cheiro ocre, brilhavam. Os cheiros, os fluidos, a imagem dos corpos, dos braços, da pele, dos troncos, dos ossos na cova, da moça, começaram a se embaralhar e a dançar em minha cabeça até que tudo escureceu. Meu pai diz que perdi os sentidos. Eu tenho outra história pra contar:

Estou dormindo. Ao menos tenho os olhos fechados e está escuro. Alguém me chama:

— Ana! Ana!

É um sussurro, um sopro, ou mais leve ainda, um chamado que ecoa por dentro de mim. Espero que se dissolva. Então um peso discreto, um quase nada, uma mão de pluma me toca o ombro. Um ombro fofo na dobra da rede, mas que reconheço como meu. Descerro as pálpebras. Dentro do escuro, dois olhos separados, repuxados dos lados. Um nariz largo, uma testa grande, duas bocas carnudas... Duas não, uma, uma boca — tenho a visão turva. Olho bem: cada um dos lábios vale por uma boca minha, mas é uma boca só, grande, macia. Os lábios se movem, repetindo a forma do meu nome: "Ana".

É um nome curto, composto de dois sons. Tem sua origem no hebraico: Hannah, e significa cheia de graça. Nunca me senti graciosa. Tenho um quadril estreito, um andar sem atrativos, um seio menor que o outro; tenho um pescoço comprido, de garça, com um pequeno calombo no final; tenho os pés grandes para o meu tamanho; os braços e as pernas finas. Sou tímida. Gosto de escrever, mas sou nula com as palavras quando preciso dizê-las diante de alguém. Ruborizo fácil, por isso sou péssima mentirosa, mas sinto que poderia me sair bem, se fosse importante. Sei guardar segredos. Sou curiosa de uma maneira insuportável, o que me salva de ser totalmente arredia. Mas nada disso importa. Sobre o que sou hoje tem uma boca que chama meu nome.

A boca está pregada num rosto. Nunca vi um rosto de homem tão perto do meu. Eu sinto seu hálito, é morno e suave, e tenho vontade de morder aquela boca que se move, cheia de carne e sangue sob a pele fina dos lábios. Me levanto sem fazer barulho, como se eu não quisesse acordar. Sua mão me guia. Saímos da casa. É estranho, parece noite, mas podemos ver como se fosse dia, sua mão áspera na minha.

Pegamos o caminho da lagoa. Por que vamos nos banhar se é noite, eu não sei, ainda mais na lagoa, casa de cobra e jacaré. Ou talvez eu saiba. Ignoro o que estou vestindo e até dos chinelos me esqueci. Tudo que tenho é um corpo em brasa e o vento frio que me arranha a cara. Eu também tenho uma boca seca, cheia de sede. Em compensação, outras umidades operam dentro de mim. As folhas mortas estalam sob os pés, acusando nosso quase crime. Sou cúmplice. A mão dele dá a volta toda na minha e ainda sobra, é firme, me leva, e eu vou, sem hesitar. Me deita à beira da lagoa em cima dos seixos redondos e lisos, e deita-se sobre mim. Tem uma lagoa fora, imensa, e outra dentro: a água represada me escapa e inunda.

III

NOVOS VENTOS

"Não reconhecemos fronteiras,
nem na terra nem no corpo."

Chefe Kamaka

Cabaça grande

A partir daqui o diário começa a se encolher. Aproveito, então, as páginas em branco que restam pra me fazer companhia nessa viagem, mas não culpo a Ana de ontem, me lembro bem que a agitação daqueles dias deixava pouco tempo pra escrita. A vida urgia: os preparativos do Kuarup se intensificando a cada instante, todos às voltas com a grande pescaria, a concentração dos lutadores, a chegada dos convidados, a aproximação da saída das reclusas... Mas não só, na tarde em que os homens voltaram com os troncos de kuarup para emprestar seus corpos aos mortos da aldeia, o meu cedeu. A febre ganhou terreno, perturbando ainda as noites e o sono, mas sem dar trégua ao amanhecer — e eu caí. No Xingu dizem que todo sonho ou delírio febril é uma viagem da alma, toda enfermidade é decorrente de um contato com o mundo sobrenatural. Um doente é alguém que foi "morto", tal qual um xamã em transe, ou que teve sua alma roubada e levada para a aldeia do espírito que a capturou. Mas a doença não é somente um mal, ninguém passa por ela sem se transformar: a pessoa é assim duplicada e passa a existir em planos paralelos. Caso reencontre a sua humanidade e se reintegre a seu mundo, fica devendo algo ao espírito captor. Quem sabe minha dívida nunca tenha sido paga. Talvez por isso a Ana de hoje seja levada, na contramão de todo bom senso, a entrar neste avião — deixando cinco caixas de livros num guarda-móveis que cobra em euros, uma monografia não defendida, uma bolsa interrompida — pra atravessar esse oceano.

Mas é curioso constatar o quão pouco me custa deixar pra trás esse país onde vivi os últimos anos, dia após dia, em apartamentos improvisados, trabalhos temporários, corredores de bibliotecas, cafés fortes tomados às pressas em balcões de bares servidos por garçons mal-humorados. O quão pouco levo daqui, e o quão pouco deixo. A Velha Europa não me domesticou nem capturou minha alma. Saquei da conta todo o dinheiro que tinha para as despesas da viagem e os presentes que pretendo levar, e vou, mais uma vez, ver a festa dos mortos onde, para mim, fica o centro do mundo. O que quero, afinal? Rever sã o que vi com os olhos turvos de febre, desejo e dor? Testemunhar, mais uma vez, a beleza do Kuarup quando os homens repartem o fogo primordial, as mulheres renascem e o mundo volta a girar? Descobrir quem me mandou um diário que escrevi aos quinze anos de idade? Saber o que foi feito de Kassuri, Yakaru, Muneri, Maru, Padjá? Ou tentar reencontrar a menina que fui, à procura de uma pista da mulher que quero ser? Não sei; sei que vou guiada por outras razões e com o coração na mão.

Deixo também um namorado perplexo. Mas como, me pergunto, explicar a ele coisas que não posso explicar nem a mim? Digo, não posso explicar a essa de mim, que estuda na Sorbonne e tenta costurar histórias que são a própria linha e a agulha; à minha dupla, aquela que visitou em sonhos a aldeia do beija-flor, tomou com suas filhas o mingau que não terminava e comeu do beiju que não tinha fim, àquela que teve um peixe na barriga, viu os espíritos e escutou as flautas tocando sozinhas na madrugada — a essa não preciso explicar nada. É ela quem me leva. Ou traz. Agora, nesta poltrona de avião, não tenho a sensação de ir, mas de voltar. Olho pra imensidão de água lá embaixo e penso como devia ser grande a cabaça que continha toda a água do mundo quando Guetí e Mune a espalharam pela Terra.

Entramos em espaço aéreo brasileiro. Mas o céu tem nação? Vou para um Brasil além do Brasil. Uma terra que não cabe no país, que existe a despeito dele, mesmo sendo seu maior tesouro. Sobrevoando este céu carregado de nuvens, me pergunto o que me aguarda lá embaixo. Na minha memória, essas nuvens escondem lagoas grávidas de peixes, crianças nuas correndo pela pista de pouso, mulheres que voltam das roças carregadas de mandioca, com cestos tão grandes que mal posso levantar do chão, homens transportando impossíveis toras de kuarup. Escondem árvores que, por sua vez, também chefiam seus clãs, colibris falantes, moças que namoram jacarés. Ainda estarão por lá? Volto, enfim, a essa terra que me pariu mulher, encarregada de uma estranha missão: plantar um osso.

Inclino a poltrona, abro o jornal, e sinto um desejo incontrolável de tomar uma coca-cola. Aperto o botão pra chamar a aeromoça.

Eu, Perereba

Minha cabeça lateja, meu sexo lateja. Meu corpo todo dói e pulsa. Faz dois dias que me deitei sobre os seixos na beira da lagoa. Que esmaguei folhas secas e parti galhos miúdos com o peso do meu corpo comprimido por outro corpo. Que enterrei os dedos na terra driblando pedras. Uma, duas, três, sete vezes. E só. Então é isso, este é o sexo de que os adultos tanto falam? Muito prazer, sou Ana, mais conhecida nessas bandas por Anakinalo, a que ignora as regras. Me parece pouco pra tanto estardalhaço, mas, em segredo, me sinto enorme, é só o começo, intuo. Eu, mesmo estreante no assunto, tenho o palpite de que, para os meninos, é preciso ensinar as veredas do nosso corpo, onde fica a lagoa onde a pescaria é boa, com toda a paciência. Tremeliques me sacodem, não sei se da febre ou por efeito de minhas descobertas. Cada ponto onde meu corpo foi tocado, comprimido, penetrado, permanece sensível, como se tivesse sido queimado e temo que as marcas sejam visíveis a todos. Me encolho por fora, me espicho por dentro.

Os homens da aldeia vão sair pra buscar os peixes que serão oferecidos durante a festa. Se preparam sem nenhuma discrição, suas vozes me alcançam na calmaria da casa e fazem doer a cabeça. Espio, da porta, o pátio. Os pajés rezam e fumam sobre as redes que serão lançadas na lagoa. Vão acompanhar a expedição e enterrar na beira d'água o arpão de arraia pra garantir a proteção dos pescadores. No meio da confusão vejo Yakaru. Ele também me vê, mas finge que não. Publicamente Yakaru agora me ignora e desconfio que também não virá mais me ver em particular; um gosto ruim se espalha em minha boca. Tento não pensar em Kassuri no silêncio de sua própria casa, mas é tarde — já pensei — e o gosto amarga de vez.

Maru também está entre os pescadores, já mostrou seu valor na pescaria com os meninos e agora vai acompanhando os homens, pronto pra todos os trabalhos menores: carregar timbó, soltar os peixes miúdos que ficam presos na rede, extirpar as vísceras dos que serão entregues às mulheres. Os emissários que irão fazer o convite formal do Kuarup para as outras aldeias também estão de saída, e o polvilho para os beijus que serão oferecidos em sua chegada vai sendo preparado. Aqui em casa, deixamos de lado o macarrão empapado, acabaram-se as latas de sardinha e os biscoitos de maisena e nossa dieta também é a mais local possível. Meu pai teme apenas pelo fim do café, que se torna cada vez mais ralo: a água passada duas vezes pelas mesmas duas colheres bem medidas de pó. Gere com igual rigor o feijão-preto, que cozinha sem tempero pra não azedar, em pequenas porções na velha panela de alumínio.

Me alcança também algum choro de criança, então presumo que tenha mulheres na comitiva da pescaria, com seus bebês sempre presos aos seios, em eterna transfusão de vida, por vezes tão exuberantes com seus olhos risonhos e seios fartos, seus ventres de lua constantemente grávidos e empinados com orgulho, carregando enormes fardos nas costas com seus passos ligeiros, as falas cantadas que logo viram risadas, sempre mais fortes se rodeadas de outras mulheres; outras vezes apenas silenciosas, diligentes, invisíveis. Agora, em meu abatimento, imagino-as cansadas, de seios flácidos e ventres murchos, constantemente a parir, embalar e amamentar crianças, a transportar, ralar e cozinhar a mandioca e a alimentar o fogo. Esse mesmo que Padjá assopra ao meu lado enquanto tremo, como se ela já não tivesse bastante o que fazer. Padjá vem me ver, me cuida e alimenta, tornou-se uma espécie de mãe pra mim. Estou pálida-transparente como o famoso perereba, o mingau de farinha de mandioca dissolvido em água. Devo ter o mesmo gosto também, pois é praticamente só o que tomo. Há dias que não me dão peixe por estar doente, mas eu não deveria comer direito justamente pra melhorar, uma dieta rica, com proteínas e tudo o mais? — protesto.

— O peixe tem axí. Está cheio de sangue na barriga. Tem cheiro forte e espírito não gosta — e me estende mais uma cuia de perereba.

Parecem convencidos de que fui acometida por algum espírito. Algo na regularidade das febres e na ausência de outros sintomas físicos basta como atestado. Não sei o que pensar disso. Não sei o que pensar de quase nada e escrevo só o que me ocorre nos raros momentos de trégua que a febre me dá, sempre a essa hora da tarde ou no final da manhã. Meu pai diz que falo dormindo, que tenho sonhos inquietos, que grito, sufoco, e até arranhei estranhas melodias. Me dá água do cantil em que pinga religiosamente duas gotas de Hidrosteril quinze minutos antes. Repete com fé que foi a água do pote grande de barro que me deixou doente, que sou descuidada, que não faço como ele diz e nem tenho paciência de esperar o tempo do efeito bactericida, mas sei que tem medo que os gritos noturnos me colem na pele o estigma de enfeitiçada — já bastam as suspeitas com que encaram suas escavações.

Tomo um gole do mingau ralo. Agora eu também estou numa espécie de reclusão por conta da doença e sujeita às restrições alimentares devidas. Se esta febre não me matar, juro que morro de tomar perereba. Morro sonhando com uma barra de chocolate, batata frita, picolé de limão, qualquer coisa. Meu reino por um brigadeiro! — grito em silêncio. Além do espírito que, aparentemente, se insinuou em mim, não existem outras criaturas no meu corpo com suas próprias necessidades: vermes, solitárias, tênias, bactérias, *Candidas albicans*? Sinto que alguma coisa aqui dentro clama por açúcar — e um cobertor, por favor.

Labirinto

Pousar em Guarulhos é sempre um espanto. A expectativa de familiaridade é logo esmagada pela massa impessoal de prédios, o céu imundo. Como se habituar a essa visão? São Paulo não acolhe ninguém. Não de cara. Os tupi chamaram este lugar de Cumbica, que significa "nuvem baixa" ou "nevoeiro". Um brejo cheio de umidade no ar e coalhado de nuvens que os brancos julgaram ser um bom lugar pra se construir um aeroporto, levantar voo e pousar. O que dizer? Aqui nada é dado. É um corpo a corpo constante, um empurrar-se, resistir, abrir espaço entre os outros corpos e avançar sem visibilidade. Selvagem. Mal se salvam nossos mais velhos na descortesia bárbara da grande cidade.

O buraco da esteira regurgita as malas como quem comeu e não gostou. Resgato a minha devolvendo-lhe propósito, memória, afeto: lá dentro algumas roupas, uns poucos livros dos quais não consegui me separar, as compras que fiz pra levar de presente na enorme loja de departamentos esportiva do Forum Les Halles. Ainda falta encarar a 25 de Março pra achar miçangas tchecas originais número 9 (as mais caras do mercado, mas as únicas que passam no crivo de qualidade das índias). Miçanga, esse antigo objeto de desejo dos antigos habitantes do Novo Mundo; simulacros de sementes perfeitas de todas as cores que reinventou o artesanato indígena no continente. Pretinho básico é fichinha, isso é o que eu chamo tendência permanente: há quinhentos anos um bom presente.

Nas ruas, fios elétricos se emaranham em formas estranhas. Que pássaros loucos chocam ovos mutantes nessas árvores de alta voltagem? Os pombos me olham de cima, sobreviventes do apocalipse. As vias secundárias serpenteiam, desembocam na marginal, às margens de concreto destas águas órfãs de guardiões. *"Este rio não tem mais espírito"*, penso ouvir Padjá dizer. Aos poucos o carro se aproxima do sobradinho de bairro com portão de ferro fundido. Agradeço ao motorista que desliza de volta pra névoa cinzenta de ruído e fedor. A calçada está danificada, o cimento rachado se encavala em blocos brutos e a velha acácia com suas flores douradas já não mora mais ali: com certeza foi punida pela força de suas raízes e galhos que ousaram desafiar concreto e cabos de eletricidade. Empurro a grade capenga, as cachorras não me saúdam.

A casa em que vivi tão pouco tempo com minha mãe não se encontra em melhor estado. Faz meses que o último inquilino a deixou. O pequeno quintal está minado de folhas mortas, a hera subiu pela parede lateral e pulou a janela; um dos vidros da frente está quebrado e o silêncio fez ninho na sala. Puxo o pano que cobre o sofá, revelando seu corpo escuro e estático, e a coincidência do gesto me arrepia. Em um segundo volto ao porão do Hospital Panamericano. Afinal, morto amado, quando para de morrer? Um Kuarup basta pra chorar uma mãe?

No Alto Xingu, depois da morte de um membro da comunidade, um grupo de homens vem pedir à família do morto licença para sepultar o corpo, que é negada. Um segundo pedido é feito e novamente negado. É duro se despedir do corpo de um ente amado, aceitar seu desaparecimento, por isso os sepultadores aguardam com paciência e tornam a pedir. É só na terceira tentativa que a família aceita seus serviços. Então, eles lavam o corpo, preparam e enfeitam, depois voltam a pedir para levá-lo ao chão. Por mais duas vezes seu pedido é negado até que, na terceira, têm o consentimento pra dar ao morto sua última morada terrestre — o chão. E caso a alma insista em permanecer na casa que sempre habitou, um pajé deverá ser chamado para realizar o ritual de expulsão, pra que ela tome a direção do caminho da Via Láctea.

Nós, kaigahas, sempre fomos mais indisciplinados pras coisas importantes da vida; como a morte. Quem sabe agora eu tenha uma nova chance de concluir meu luto e espantar os fantasmas desta casa? Volto ainda para um novo adeus: dentro de alguns dias terá início a despedida de Kamaka, esse grande chefe. Pelo silêncio, concluo que meu pai já deve estar lá para dar adeus ao irmão ilustre que a vida lhe deu. Subo até o primeiro andar cruzando outra vez nas escadas com a ausência das cadelas e me jogo na cama empoeirada. Um sono do além se apodera dos meus ossos.

Fogo e fumaça

Acordei era noite fechada, o frio e o escuro me despertam por dentro. Fora, um cheiro forte atravessa as paredes. Com esforço, coloco os pés no chão e ando até a entrada. A fumaça turva o ar. São os peixes moqueando nos jiraus ao lado da casa de Kamaka, há montanhas deles que Padjá e Diamurum velarão durante a noite. Os pescadores tiveram sucesso, a Mãe dos Peixes foi generosa e a arraia não puniu os homens com seu ferrão, mas Padjá não mentia: o cheiro dos peixes é de acordar até os espíritos! Com disposição incomum levanto da rede e ensaio alguns passos em direção ao centro da aldeia. O pátio é enorme, maior é o céu. Impossível descrever o céu noturno de uma aldeia incrustada entre o alto cerrado e a floresta amazônica — é pra quem viu. A lua está cheia, como convém. Caminho devagar, guiada por um canto de choro-saudade. Uma força misteriosa, do reino invisível, me anima.

No centro da aldeia três toras plantadas, inteiramente pintadas e adornadas, como tronco de gente: com cocar, cinto e colar, plumas, fios de algodão e conchas de caramujo — a joia branca do Xingu. Foram enfeitados hoje, pelas famílias dos mortos e pelos mestres de cerimônias. Cada tronco desses corresponde a um falecido: o ex-futuro chefe (o jovem filho de Kamaka e Diamurum), um velho pajé e uma criança — nenhum deles pode ainda ser nomeado. Se o morto for homem, seu arco e flecha serão enterrados com ele; caso seja uma mulher, seu fuso de algodão. Mas que não haja engano: o fuso também é arma e o algodão serve para preparar armadilhas no além-vida contra o ataque feroz dos pássaros. Uma panela de barro é enterrada sobre a cabeça dos mortos de ambos os sexos, que têm os rostos voltados pro nascente. A panela servirá de capacete para protegê-los das bicadas do gavião de duas cabeças — a terrível ave que devemos enfrentar no além para garantir a imortalidade de nosso espírito.

Escolho um dos troncos que tomo emprestado pro meu próprio luto — chegou a hora da despedida. Ouço um ressonar e meu sangue gela: dizem que quem ouvir a respiração dos troncos ou enxergar os que partiram neles deve morrer também. Desvio os olhos, esta é a hora mais perigosa. Uma fogueira arde pra guiar as almas e dois cantores sustentam a caminhada dos que partiram. Cantam por horas a fio, com incansável resistência. Suas vozes, roucas, são ritmadas pelos passos no chão. O canto é um mantra que nos hipnotiza e transporta. A essa hora quase ninguém acompanha o trabalho laborioso que ocorre no pátio, mas, de tempos em tempos, pessoas respondem com gritos, de dentro de suas casas, onde é mais seguro, apoiando a vigília dos cantores.

Outros também lançam seus gritos: os bichos vão, devagar, tecendo a rede do dia. Uma velha se aproxima e, com uma brasa do fogo que aquece os resistentes, acende o seu longo cigarro. Ela se agacha junto aos troncos e lança bafradas de fumaça azulada no espaço. O momento é solene. A velha observa tudo, de olhos fechados. Ficamos assim, por muito tempo, até que ela desperta de seu transe e anuncia o veredito: os mortos que velamos não tiveram suas almas devoradas pelo gavião bicéfalo, não desaparecerão e seus espíritos se tornarão imortais na aldeia dos mortos. Não desaparecerão.

Minotauro

De volta ao saguão do aeroporto de São Paulo, esperando o avião pra Cuiabá, me chegam as vozes de dois homens. Pela conversa sei: um cria gado e planta soja, o outro cria gado e planta soja e milho, tudo muito original. Me viro para espiá-los: camisas de botão, barrigas, grossas alianças de ouro. Cada um está sentado numa mesa diferente do café e conversam assim mesmo, lançando as frases de um lado a outro do saguão, os joelhos bem separados pra caber o saco entre as pernas. O assunto gira em torno de dinheiro: o preço da saca de ração, da cabeça do garanhão, do gado de corte, do alqueire de terra. Depois bandeia para as vantagens de se criar boi Nelore ou Angus, passando por concessões e importações.

— Eu gosto do povo do Mato Grosso — diz o primeiro, paulistano dos Jardins, proprietário de quarenta mil hectares de terra. — Eu vejo pelos meus funcionários, são gente simples, sem ambição.

E a humanidade ainda insiste em classificar de primitivas as sociedades igualitárias, sem estratificação social, divisão do trabalho e poder centralizado. Sinto um cansaço mais antigo que eu. O tom de voz dos dois baixa sensivelmente e um conta ao outro que veio a São Paulo negociar com os bancos, se queixa que o Ministério Público não sai do seu pé, mas não parece muito preocupado. Apuro os ouvidos, apesar da conversa ser um tanto indigesta pra essa hora da manhã: discutem a Lava Jato cuiabana.

Nossos destinos se separam nas filas de embarque: os senhores estão na fila A, junto com as prioridades e seus cartões masters blasters super gold, e eu na C. Ainda os escuto falar de uma tal votação:

— O jornalista não entendeu, não tem conflito no comitê: metade vota sim, metade vota não, mas os que votam sim, é para eu ficar; os que votam não, é para eu não sair! — e suas risadas ecoam fortes pelo saguão.

A verdade: nossos destinos já nasceram separados. Arrasto a mochila de camping surrada, com um saco de dormir amarrado, cordas, lanterna, sete quilos de miçangas, um velho diário com capa de papel marmorizado e uma caixinha de madrepérola com um osso dentro. No raio X, uma dúvida me assalta: posso transportar um osso humano na bagagem? Como seria classificado? Item orgânico de origem animal? Item de origem humana? Arqueológica? Espiritual? Como explicar que aquele osso, pra mim, era o dedo de Anakinalo, a mulher flautista? Que era um pouco o dedo da minha mãe, e era até o dedo da mãe dos astros gêmeos, Guetí e Mune, a primeira mulher humana, que se casou com o homem-onça e inaugurou a morte? Que aquele era o dedo de todas as mulheres enterradas por transgressão às regras masculinas? Que era, afinal, meu próprio dedo, o dedo que me faltava desde o tempo do Lua, pra escavar um túnel que me libertasse, o dedo que em delírio sequestrei e que agora voltava pra devolver?

Olho para as filas das esteiras de inspeção e escolho uma supervisionada por um homem que conversa com o colega da fila seguinte. Coloco a mochila na esteira, é toda minha bagagem. O resto deixei no sobrado, obediente ao lema do meu pai: "só se leva o que se pode carregar". Tento parecer inocente e ensaio um sorriso relaxado, mas me sinto uma contrabandista amadora que fez xixi nas calças. Olho pra caixa acrílica contendo os itens não liberados pra embarque: uma garrafa de uísque single malte, lâminas de barbear, um alicate, e penso no osso exilado pra sempre entre aqueles descartes ordinários. A máquina apita. Não é possível que ele tenha ido tão longe pra terminar ali! Embora seja apenas um voo doméstico, o cara simpático-distraído da esteira 3 me manda abrir a mochila e imediatamente mudo de opinião sobre ele. Suas mãos grandes invadem minha intimidade, remexendo as entranhas da minha bolsa e me enchem de asco. Esse procedimento ainda é permitido?

Seus dedos, enfim, desviam do osso e encontram meu canivete. Afinal, é ele que querem. Não há tempo pra voltar e despachar a mala, então assinto com a cabeça, permitindo que depositem meu velho companheiro de viagem no aquário de objetos órfãos. Seu belo cabo cor de pérola se choca contra a tesoura de costura de uma avó sem sorte. Volto desarmada.

Unha, cabelo e bigode

Meu pai está sentado à porta de casa. Está de cara limpa e tem uma toalha pendurada no pescoço. Fez a barba, aparou os cabelos e agora aproveita o resto de luz pra cortar as unhas. O espelhinho pendurado na entrada dá voltas em seu cordão, rebatendo cacos dourados do pôr do sol que fazem cócegas na minha pele. Afinal, ele não é totalmente indiferente à festa e também se prepara pra ela à sua maneira. Os primeiros convidados vêm chegando. São os rivais das outras aldeias, que vêm disputar o huka-huka contra os lutadores daqui. As áreas em que irão pernoitar já foram limpas e preparadas fora do perímetro da aldeia. Depois de acampados os visitantes, os pajés andarão por aí, olhando cada moita à procura de feitiços escondidos. Os convidados também vão cheirar, de forma discreta, toda comida oferecida por seus anfitriões. Esta noite nem vão dormir, pra não correr o risco de ter pesadelos que atrapalhem as lutas do dia seguinte. Sonho é passagem pra outros mundos, de duas mãos; não se pode correr o risco de visitas indesejadas nesse momento.

Aqui me chegam as vozes dos lutadores, que a essa altura se exibem publicamente em danças marciais. Não tenho forças pra me levantar e ver, então, ouço e imagino. O fogo primordial que arde sobre as sepulturas será repartido entre as fogueiras dos acampamentos, em tochas levadas pelos dançarinos-lutadores e os abrigará nesta noite longa. O fogo perto de mim também é avivado. É Padjá, minha guardiã, que assopra as brasas e me oferece um peixe — glória! —, mas sem sal e cozido apenas em água, que abranda os odores e não atiça os espíritos. Sai com a mesma ligeireza com que entrou.

As mordidas do alicate de meu pai fazem estalos agudos e cada pedaço de unha que voa ele recupera metodicamente. A Terra Preta é pretíssima, gordurosa, se agarra na gente, mancha as roupas, se infiltra nas dobras: os fragmentos de unha no chão, em forma de lua, contêm material arqueológico. Será que essa Terra Preta, com seu pH quase neutro a contrastar com a ácida terra amazônica que a cerca e que tudo dissolve, conservará algum traço nosso quando partirmos? Nós, com certeza, vamos impregnados dela. Meu pai junta as unhas, uma a uma, as mechas de cabelo e, pelo sim, pelo não, atira tudo no fogo. Padjá já tinha me alertado que não se deixa cabelo ou unha ao léu nesse Xingu, já que são excelente matéria-prima pra feitiços.

Um feitiço precisa reunir algo do corpo da vítima ou um artefato pessoal e algo do corpo do feiticeiro, que os amarra juntos. Uma vez que a vítima morre, o feiticeiro pode tentar recuperar a parte de si que ficou com o morto, mas se, ao se aproximar do túmulo, ouvir o falecido, pode estar certo de esperar um contrafeitiço: será a vez dele temer a morte. Mais do que as histórias de feitiçaria, o que me surpreende, do alto da minha rede, é o cientista maníaco do Hidrosteril, queimando prudentemente suas unhas e cabelos depois de cortá--los. Os pelos pegam fogo instantaneamente e têm cheiro de morte.

Tenho mais um sonho: estou debaixo da terra. Camadas e camadas de terra pesam sobre o meu corpo. Está escuro, mas estou viva — posso respirar e, de alguma forma, sei que lá fora é dia. Tenho que sair dali, penso, mas faltam forças para me mover, meu corpo parece tomado pela paralisia que causam as ervas que dão aos rapazes em reclusão quando a dose é forte demais. Pouco a pouco consigo mexer os dedos, mas já não há pele nem carne neles: são dedos de esqueleto. Sim, lá fora é dia e eu posso ouvir as flautas no pátio. As passadas fortes dos homens ecoam no interior da terra e fazem meus ossos tremerem. Ouço, ao longe, a voz de meu pai:

— Ana, as flautas estão tocando, as reclusas vão se mostrar!

Teco-teco

De Cuiabá voo até a velha Canarana. A cidade tem mais letreiros de comércios, mais construções e, ao mesmo tempo, mais gente pobre nas ruas: a conta do desenvolvimento nunca fecha. Tipos morenos de olhos puxados carregam tijolos e pedras nas obras que pipocam por todos os lados. Compro uma rede amarela, a mais bonita que encontro, de varanda ampla e trabalhada. Não posso levar muita coisa no pequeno bagageiro do avião monomotor, mas compro a rede grande pensando em usá-la por alguns dias e deixá-la pra Padjá.

Passo na farmácia da praça pra comprar analgésicos, antitérmicos, anti-histamínicos, remédio pra enjoo, vômito e cólicas abdominais. O trauma da última viagem ainda é grande e vou sem recursos extras pra pagar pajé. A moça que me atende é uma jovem de cabelos oxigenados, precocemente envelhecida. Aguardo que ela tire a pressão de um senhor obeso, de pernas inchadas com veias saltadas e um mau-humor do cão, como se realizasse uma espécie de purgação cotidiana.

— Vai para o Parque? — ele me pergunta, como se falasse de algum parque temático de mau gosto.

É inevitável, apesar dos exagerados remédios alopáticos que recolho nas prateleiras, algo em minhas roupas, na minha mochila, no bracelete de miçangas que exibo, me entrega.

— Vou. Pro Xingu.

— *Pfff!* Não entendo como é que o governo brasileiro deu tanta terra pra tão poucos índios... Que ainda por cima nem sabem usar!

A mesma raiva dos indígenas. Talvez maior, com a mídia que, de norte a sul do país, se fala deles é para chamá-los de invasores, vagabundos, numa ostensiva campanha de difamação em favor da BBB — a bancada "da Bíblia, da bala e do boi" do Congresso Nacional. A velha incompatibilidade entre ter terra e pertencer a ela, entre viver pra trabalhar e trabalhar pra viver. Se ao menos fôssemos capazes de aprender algo com eles... Ah, se sabiam "usar" a terra, como sabiam! Penso se devo começar a citar evidências arqueológicas, de há quantos séculos os indígenas seguem habitando — e transformando — intensamente a Amazônia sem destruição, o alto nível de fertilidade das Terras Pretas que produzem e sua baixíssima emissão de carbono, se cito suas organizações sociais, que excluem a pobreza; a exuberância de uma vida repleta de arte e sentido, mas constato, pelo ar de desprezo do meu interlocutor, que é um caso perdido. A balconista me lança um olhar cúmplice.

A verdade é que a população da maior parte das áreas indígenas não para de crescer, se espremendo em territórios cada vez mais insuficientes e exauridos. Por todos os lados há devastação, águas contaminadas, garimpo, grilagem, madeireiros, rotas de tráfico e caça ilegal. Além da perseguição política, religiosa, racial. À maldição do extermínio, eles respondem com crianças e mais crianças. Então eu noto, atrás do balcão, um menino moreno, fortinho, de cabelos muito pretos e espetados, nariz largo, os olhos puxados e separados de uma maneira que me lembra terrivelmente alguém. Ele me olha, curioso, e em seguida corre e se agarra às pernas de sua mãe que vem cobrar minha pilha de remédios e vitaminas.

Sigo para o hangar. É a segunda vez que voo nesse teco-teco, o quarto aparelho voador em que embarco nessa jornada até o Xingu. O vento nos arrasta pra esquerda e pra direita. Tinha me esquecido da sensação de voar num avião de brinquedo. A primeira vez que entrei num, Kamaka estava presente, sentado na cadeira que agora ocupo, ao lado do piloto — é difícil imaginar seu corpanzil aqui, até os meus joelhos, pequenos, se ressentem. Olho pro Parque lá embaixo. Mais difícil é pensar que Kamaka não estará mais aqui pra enfrentar as novas lutas que serão travadas. Lembro quando o chefe veio nos ver no sítio, quando toda a aldeia andava cabreira com as escavações de meu pai, aquela seara de ossos tão junto do Kuarup de seu filho. Naquela ocasião, ele nos disse que era como o gavião, que voa, voa, mas volta sempre pra pousar no mesmo galho. Espero que seu espírito encontre repouso.

Lá embaixo vejo a lagoa de Ipavu, o centro do Morená. Me contaram que uma vez Jacques Cousteau e seu companheiro de viagem quiseram mergulhar na grande lagoa, mas os habitantes não deixaram — que fosse fuçar nos mistérios do seu próprio centro do mundo! Sorrio sozinha pensando em meus amigos. A aldeia deve estar coalhada de gente. É o Kuarup de um grande chefe, representantes de muitos povos do Xingu hão de vir. Em quinze anos, a visitação ao Parque também aumentou muito. É tempo dos pilotos fazerem seus pés-de-meia: cada voo fretado vem completo, e são idas e vindas seguidas. Também tem gente entrando de barco, mas com o nível do rio tão baixo, dá medo de arranhar o bojo das voadeiras e bater o motor de popa. Os convidados indígenas agora vêm pela estrada. Já tem dezenas de carros, caminhões e motos, muitas motos, no Parque — foi-se o império das bicicletas, o negócio agora é gasolina. E grana pra comprá-la.

Vão comigo no avião uma procuradora do estado do Mato Grosso e seu assessor. A fofoca que corre é que ela mandou construir, pra vir ao Kuarup, um banheiro só seu. Não um banheiro seco (uma cabinezinha com porta de madeira e um buraco fundo, onde a gente caga e joga terra por cima e que eu já acho um luxo), mas um banheiro com descarga e azulejos!

Quando nos aproximamos do chão, sou tomada pela mesma emoção de quando pousei aqui, meia vida atrás. Pensei que ninguém viria recepcionar nosso avião, tão acostumados que estão com pousos e decolagens, ainda mais nesses dias de festa — mas as crianças estão lá, fiéis, com a mesma curiosidade, os pequenos corpos morenos pintados de jenipapo e enfeitados com seus cintinhos de buriti.

— Tu-do-be? — dizem às gargalhadas, enfiando a cabeça pela porta do avião no instante em que pousamos.

O mesmo português capenga. As línguas indígenas resistem e, com elas, suas formas de existir no mundo. Adentro de novo esse território de mistério e beleza, onde o que sei é infinitamente menor do que o que eu não sei, e, com alegria, dou a mão à minha ignorância, rodeada de crianças. Sinto vontade de tirar uma foto, mas desisto, não quero tirar nada, nem mesmo uma foto, dessas pessoas que já me deram tanto.

As primeiras humanas

Me levanto. Meu corpo quase não sinto, amparada por meu pai me aproximo da porta. Nem ele acredita mais que meu mal vem da água do pote. Quando há fogo aceso dentro de casa, é preciso me segurar pra que não me atire dentro: só ele me dá alguma sensação de conforto em meus quase 40 graus de uma febre agora constante. Esfrego os olhos. O que vejo no pátio é uma revoada indistinta de pássaros enormes, com bicos compridos e canto grave. Não sei se sonho. Aos poucos as formas ganham contorno em minhas retinas machucadas: são homens-pássaro. Os rapazes portam cocares vermelhos e amarelos, e seus bicos são flautas, tão grandes que quase tocam o chão. Ao lado de cada homem, uma moça pálida, de pernas inchadas com desenhos complicados, cabelos negros e brilhantes como as plumas do gavião lhes cobrem o rosto — pássaros noturnos.

Entre elas está Kassuri, mas é como se não fosse ela. Os jovens papagaios vão tocando as longas flautas e pisando forte no chão; as fêmeas gavião vão pulando no chão quente, fustigadas pelo sol que há muito não veem. Dançam numa espécie de transe: é a primeira exibição pública das reclusas. Ao vê-la, sinto uma culpa terrível. Será que sabe que me deitei com Yakaru na beira da lagoa? Traí Kassuri, sua confiança e amizade, enquanto ela se encontrava presa. Todo afeto que me deu, os presentes, sua presença, quando eu me encontrava mais sozinha do que jamais estive. Tudo que desejo agora é que, quando sair de vez da reclusão, amanhã ou depois, ao lhe cortarem os cabelos, Guetí seja gentil com ela e seus raios não ofendam seus olhos como agora açoitam os meus depois de tanto tempo sob a terra, digo, no interior da casa... Preciso me deitar.

Galho de gavião

Me aproximo do pátio arrastando minha mochila, o sol é escaldante. A segunda cena que vejo ao chegar na aldeia é bastante diferente da primeira, com crianças nuas correndo pela pista de pouso: uma mulher muito loira, muito branca, muito magra e muito alta, de biquíni, toda "pintada de índio" e enfeitada de colares de miçangas e caramujos, posa pra uma foto junto à Casa dos Homens.

— Espera aquela pessoa sair lá de trás! — grita o fotógrafo.

A pessoa sou eu. Vou para o meio da aldeia, desorientada. As casas foram todas refeitas e reconfiguradas pelas novas famílias que se formaram. Há pelo menos sete grandes casas a mais do que quando estive aqui. Vejo que a cabana de hóspedes não existe mais e, um pouco mais longe, uma espécie de galpão de alvenaria foi construído. À direita dele há um descampado, onde algumas barracas de camping foram armadas, certamente por turistas que vieram pro Kuarup. Fico ali, cheia de calor, evitando as fotos alheias e sem saber que direção tomar, quando alguém me toca o ombro. Me viro, é Yakaru, o mesmo rosto redondo, de fronte aberta e olhos separados. Continua musculoso, com corpo de lutador, mas com alguns quilos a mais. O pescoço se alargou emendando cabeça e ombros numa massa morena.

— Uemã entsagüe?

— Nhalã — respondo, gostando da cócega que essa palavra faz na boca, a língua se insinuando atrás dos dentes.
— Seu pai avisou que você vinha.
Então ele recebeu minha mensagem. Só não teve tempo de responder.
Yakaru pega minha mochila e caminho ao lado dele.
— Você fica na minha casa.
Faço que sim, agradecida e um pouco sem graça.
— Kassuri tá te esperando.
Meu coração dispara.
— Então... vocês se casaram?
Ele sorri sem responder. É uma pergunta tola.
— E como ela está?
— Tá bem, de reclusão, com bebê pequeno.
Parece que essa mulher está sempre reclusa! O bebê, no primeiro ano de vida, requer muitos cuidados, não só por parte da mãe, mas também do pai. Os dois são submetidos a rigorosas restrições alimentares e comportamentais nessa fase em que a criança ainda está se tornando humana, seu pequeno corpo ainda é parte do corpo dos pais e, portanto, afetado por tudo aquilo que lhes afeta.
— Menina ou menino? — pergunto, na falta de algo melhor pra dizer.
— Menina. Kassuri só faz meninas.
E noto certo desapontamento em sua voz. Como se ela as fizesse sozinha.
— Que bom — abafo as queixas, sabendo bem que um tempo atrás não era raro enterrar uma terceira ou quarta filha mulher consecutiva.
Nos aproximamos da maior casa da aldeia. A casa que pertencia a Kamaka, seu sogro, e sua casa desde que se casou com Kassuri. Próximo a ela, noutro grande descampado, várias mulheres trabalham capinando o mato, removendo raízes, um trabalho que aqui, em geral, cabe aos homens.

— O que elas estão fazendo?
— Estão abrindo um lugar para construir a Casa das Mulheres.
— Sério? Que ótimo!
— Sim, elas dizem que também querem uma casa coletiva para conversar e tomar as decisões, desde que Takã virou chefe...
— Takã?
Sorrio; parece que por aqui as coisas também estão mudando. As filhas de Kassuri hão de ver novos dias que o velho Kamaka não conheceu.
— E Muneri?...
— Muneri é chefe também, divide com a irmã — e dá de ombros.
Pelo visto o jovem ambicioso que conheci acabou se acomodando em sua pele de pai e esposo. Mesmo não tendo assumido a liderança no lugar de Muneri, ele faz parte da família mais prestigiosa da aldeia; sua casa é a maior de todas e, agora que seu sogro partiu, é o primeiro homem dela. Coloca minha mochila na porta e, antes que eu entre, me segreda:
— Eu tenho um filho homem também.
Olho bem pra ele.
— Eu sei, na cidade.
Silêncio.
— Como é que você sabe?
— Com a balconista da farmácia ao lado da rodoviária — completo —, o moleque é a sua cara.
Ele sorri um sorriso besta, entre envergonhado e orgulhoso. Eu só quero entrar e ver Kassuri, mas não posso deixar de perguntar:
— E meu pai, onde está?
— Ah, seu pai foi com Maru e os outros apagar o fogo — e faz um gesto amplo em direção às cabeceiras do rio e aos limites do Parque.

Uma apreensão me atravessa, mas fico aliviada em saber que Maru está com ele. Meu pai já não é jovem, mas, pelo visto, sua obstinação não envelheceu. Ao menos sua cabeça é dura de quebrar e Maru, que tanto me cuidou por essas bandas, há de cuidar de meu velho também. Maru... Será que o reconheceria se o visse? Agarro a alça da mochila e mergulho a cabeça na penumbra da casa enquanto Yakaru se afasta, voltando aos afazeres do Kuarup de seu sogro.

Jaguares e jaguatiricas

Os pássaros se foram e agora os jaguares comandam o pátio. Os corpos flexíveis, pintados de urucum e jenipapo brilham ao Sol. O primeiro lutador cruza o centro e se coloca de quatro no chão, tem a orelha deformada por sucessivas lesões que porta orgulhoso, como troféus. O segundo se ajoelha ao lado, e os outros sucessivamente. Entre eles, Yakaru e Muneri. O filho do chefe não está entre os mais bravos, mas deve lutar: um chefe não ocupa sua posição apenas por já dispor das qualidades que se esperam dele, mas por ter sido colocado pelo grupo na posição de chefe é que deve encarná-las. Todos tomam raízes pra se fortalecer, mas a erva impõe respeito e condições: caso quebrem suas regras, ficam doentes e podem morrer. Uma pessoa não cria forças sozinha, deve recebê-la do dono da erva e aprender a lutar com alguém mais experiente, da mesma forma que um flautista ou cantor recebe suas músicas de um mestre mais velho e delas se torna guardião. (Quando terminarem os combates principais, já sei, os meninos pequenos também vão lutar, ensaiando sua hora, e as juízas serão as mães. Elas que vão indicar seus adversários e que vão acolhê-los quando chorarem.) Os primeiros lutadores avançam. Yakaru encara o campeão da aldeia vizinha, a plateia ruge, mas torço mesmo é por Muneri: que os adversários não o comam, nem seus pares. De todo jeito a rede e o escuro falam mais alto, Guetí já não me acolhe.

As Hiper-Mulheres

Entro na casa, meus olhos demoram a se acostumar com a penumbra depois da luz ofuscante no pátio. A vida na aldeia é um eterno equilíbrio entre o pátio e a casa, o público e o privado, a exibição e a reclusão: um só é possível com a existência do outro. O frescor da oca me dá abrigo. Nos fundos, não mais isolada por esteiras de palha, vejo Kassuri. Está sentada em sua rede amamentando um bebê. Sorri ao me ver e faz sinal para que eu amarre minha rede ao lado dela. Tentando conter a emoção, dou dois nós nas cordas passando pelas vigas da casa e puxo — exatamente como meu pai me ensinou — pra testar a amarração. Começo a tirar da mochila os presentes que trouxe.

— O que é isso? — Kassuri aponta pra uma caixa.

— Chuteiras, pra Takã. Eu não sei se é o tamanho certo, eu não sabia o número... — digo meio atrapalhada. — Ela ainda joga?

Ela ri de novo seu sorriso de estrela cadente.

— Tem menos tempo agora, mas joga, sim. Ela vai gostar — me tranquiliza.

— E isso é para você — lhe estendo um pacote.

— O que é?

Tem as mãos ocupadas.

— É só uma lembrancinha, depois você abre.

Uma menina entra correndo pela porta, às gargalhadas,

seguida de um cachorro magro. Kassuri ralha com ela e o cachorro desaparece. Com as estradas chegaram os cães. Antigamente os únicos animais domésticos que se viam por aqui eram alados. Os cachorros que povoam a aldeia são de diferentes formas e tamanhos, mas todos têm a mesma raça: vira-lata.

— Ana, essa é Hayumi, minha filha.

A pequena sorri, com falsa timidez. O cachorro, ao ouvir o risinho dela, volta a enfiar o focinho pela porta, mas Kassuri atira um chinelo, não o quer perto da bebê. Hayumi protesta.

— E o cachorro, como se chama? — apaziguo.

— Celular.

E até Kassuri, que se fazia de brava, cai na risada, o bico do seio escapando da boca da caçula, que também se manifesta. Agora eu sei, Kassuri foi minha primeira paixão. Na porta dos fundos está Padjá: vigia os peixes no jirau, do lado de fora. Ela acena pra que me aproxime. Parece menor; em seu rosto as rugas abriram novas trilhas, mas seus cabelos continuam negros como carvão. Toca meu rosto sem soltar o abanador.

— Anakinalo...

Retribuo o carinho e me sento no banco indicado por ela. É um belo banco, esculpido em madeira com detalhes pintados de negro. Tem a forma do gavião de duas cabeças, a terrível ave mítica que devemos enfrentar depois da morte. Me olha por longos minutos e depois diz, como se estivéssemos estado juntas na tarde anterior e não quinze anos atrás:

— Eu não te contei o fim da história.

— Que história?

— A história de Anakinalo.

— Ela não fugiu cavando um túnel debaixo da terra?

— Sim, ela fez isso. Foi pra outra aldeia e ficou vivendo lá. O cabelo dela que tinha caído até cresceu de novo — sorri acariciando os meus, agora longos, não mais curtos como costumava usar.

— E não termina assim?

— Não. Um moço daqui passou na aldeia onde ela morava e ficou desconfiado. Quando voltou foi dizer pra mãe dela: "Eu vi uma moça muito parecida com Anakinalo na aldeia rio acima". "Puxa, será que era ela?", a mãe perguntou.

Padjá alimenta o fogo. Os peixes estão sendo moqueados pra festa dos mortos da qual, mais uma vez, ela é uma das principais anfitriãs.

— A mãe de Anakinalo ficou com aquilo na cabeça. O tempo passou, o pessoal daqui foi na aldeia rio acima fazer festa de troca, o ritual do Moitará. Chegando lá, viu a filha. Era ela mesmo. A mãe ficou feliz e deu o colar de caramujo que tinha levado pra ela, mas os homens não gostaram, ficaram bravos que ela tinha escapado e trouxeram ela de volta.

— E então?

— Cavaram uma cova, bem no meio da aldeia e enterraram ela.

Meu coração perde um compasso: afinal, será mesmo o dedo de Anakinalo que encontramos nas escavações arqueológicas de Terra Preta? Já começo a acreditar que aquela mulher cavou trinta quilômetros debaixo da terra com uma concha e um maracá na mão.

— Padjá, tem outra história que você não terminou.

Ela se volta pra mim.

— Você não disse que as flautas, antes de os homens as tomarem, eram das mulheres?

— Hum... É, antes as flautas eram das mulheres e a menstruação era dos homens. Eu já não contei pra menina Ana?

— Não — e me sinto de novo com quinze anos. — Só disse que quem fez as primeiras flautas foram as mulheres do Mariká, as amantes do jacaré.

Ela abana as brasas buscando as palavras, bem mais desenvolta no português, que as mulheres também passaram a aprender.

— Você sabe que as duas irmãs foram morar junto do pé de pequi, que brotou das bolas do jacaré, que tinham saudade do namorado e resolveram ficar perto do túmulo?

Faço que sim com a cabeça. Ela pousa o abanador.

— Fizeram uma casa lá mesmo, na beira do rio. Então outras mulheres também deixaram seus maridos e se mudaram pra lá. A aldeia foi crescendo...

— Era uma aldeia só de mulheres?

— Era. Os homens iam até lá só pra namorar, as mulheres transavam e depois mandavam eles embora. No centro havia uma casa onde ficavam as flautas. Se os homens não tivessem tomado as flautas das mulheres, até hoje seria assim.

— E o que aconteceu?

— Uma das mulheres tinha um filho homem. O menino ficou com saudade da mãe e foi lá visitar. A mãe disse: "Isso, meu filho, fique aqui, perto de mim". E deu pra ele uma flauta pequena. Ele provou do pequi e gostou, então escondeu um pouco da polpa da fruta dentro da flauta. Quando anoiteceu, ele foi embora. Chegando em casa falou pro pai: "Pai, olha isso, é por isso que a mãe vive lá, longe de nós". E bateu a flauta no chão pra tirar a polpa do pequi.

Hayumi vem sentar perto de nós.

— No dia seguinte o pai levou o pequi pro centro da aldeia e todos eles experimentaram, as mulheres que ainda viviam lá fizeram mingau e todos gostaram muito. No final da tarde mais mulheres se mudaram pra aldeia nova. A aldeia das mulheres estava muito animada, todo dia tinha festa e tocavam flauta. Se continuasse daquele jeito não ia sobrar mais nenhuma mulher na aldeia antiga!

Kassuri põe a bebê adormecida numa rede e volta usando o presente que eu lhe trouxe: um vestido vermelho de algodão modelo tomara-que-caia, o preferido por aqui.

— E o que aconteceu, vovó? — pergunta Hayumi.

— Bem, os homens queriam as mulheres de volta. Queriam pequi também, e as flautas, claro. Então pediram ajuda para Guetí, que fez zunidores pra eles.

— Zunidores?

— Sim, uma espécie de instrumento bem barulhento. Pintaram o corpo de carvão e foram girando eles até a aldeia das mulheres. Aí, quando os homens se aproximaram elas não aguentaram o barulho, imagina um zunidor feito pelo Sol? Dizem que o zumbido dos zunidores fazia cair o cabelo. As mulheres se assustaram, soltaram as flautas e correram pra dentro das casas. Foi assim que os homens roubaram as flautas.

Ficamos em silêncio, assistindo à lenta defumação dos peixes.

— Mas as Hiper-Mulheres ainda têm flautas... — diz Kassuri, maliciosa.

— Hiper-Mulheres?

— Sim, vovó, conta! — pede Hayumi.

— Essa menina... só não é mais curiosa que você, Ana! — ri Padjá. — Bem, isso foi durante a iniciação dos meninos, os homens decidiram ir pescar pros filhos. Passaram muitos dias e eles não voltaram, as mulheres estavam esperando na aldeia. Uma mulher não aguentou mais e pediu pro filho menor ir ver o que estava acontecendo. Ele foi até a praia e viu que os homens estavam virando queixada, porco-do-mato. Crescia pelo no corpo deles e os dentes ficaram enormes. O pai-queixada deu peixe pro menino que era seu filho. Ele guardou na flauta e levou pra mãe. Chegando lá contou o que tinha visto.

— E depois, e depois? — quer saber Hayumi.

— As mulheres cozinharam e dividiram o peixe no lugar dos homens, o centro da aldeia, e disseram: "Nossos maridos estão se transformando em monstros enquanto estamos esperando por eles. Vamos dançar e festejar, pois nós não os queremos mais".

— E enquanto cantavam elas se transformaram em Hiper-Mulheres — diz Kassuri.

— Sim, fizeram os insetos picarem seus clitóris que ficaram enormes — completa Padjá. — Vestiram os cocares, os brincos, os cintos, as joelheiras e braçadeiras dos homens. Na mata, os maridos ouviram quando elas começaram a tocar as flautas e decidiram voltar pra aldeia, mas quando chegaram elas os atacaram com dentes de peixe-cachorro. Na beira do igarapé jogaram seus filhos pequenos, que se transformaram em peixes, ficaram só com as meninas. O rapaz que sobrou, transformaram em tatu. O menino-tatu foi cavando um túnel por baixo da terra e as mulheres o seguiram. De tempos em tempos elas saíam de dentro da terra e encantavam outras mulheres, que seguiam junto com elas. Esfregaram no corpo a casca do pequi e ficaram cobertas de espinhos. Foram viver num lugar só delas, rodeado de água por todos os lados.

Hayumi bate palmas excitada e Kassuri ri:

— Depois disso só queriam os homens pra namorar...

— E pescar! — completa Padjá, voltando a abanar as brasas no jirau.

Rimos juntas. Um outro riso, miúdo, brotado do fundo da casa, me intriga. Kassuri me encara. Se levanta e vai para um canto isolado, afastando uma esteira, Hayumi me puxa pela mão. A parede improvisada de palha esconde uma moça, da idade de Kassuri quando a conheci, sentada sobre os calcanhares. Ao lado dela, uma cuia de miçangas e uma roca pra fiar algodão. Os cabelos negros lhe cobrem os olhos.

Castanha de pequi

Agora espio o pátio por um buraquinho na palha, à moda das reclusas, pra evitar o excesso de luz. Estou presa e Kassuri vai sair. Deixa a casa com as pernas amarradas com jarreteiras imaculadas de algodão. Seu pai, "o dono da festa", lhe entrega uma cesta com castanhas de pequi — o fruto do prazer, nascido do namoro de duas irmãs com seu amante jacaré. O pequi é saboroso, mas esconde seus espinhos. Quando morder sua popa, amarela, generosa, perfumada pelo sexo das mulheres, atenção para não acabar com um espinho cravado no céu da boca: essa fruta tem dentes. Suas castanhas são preciosas, foram colhidas e secas pra presentear os visitantes das outras aldeias no fim do Kuarup, dispersando a animosidade das lutas nesse eterno jogo de amigos-inimigos entre os povos do Alto Xingu. Kassuri coloca um punhado delas diante do chefe vizinho, que desamarra as jarreteiras brancas das pernas da moça e as guarda para si. Me sinto estranha, como se esse desconhecido a tivesse posto nua, mas sua mãe, ligeira, amarra novas jarreteiras de algodão antes de Kassuri se dirigir ao chefe seguinte, repetindo a troca de oferendas.

No centro do pátio alguns homens estão sentados, fumando. Yakaru, entre eles, é um ímã pros meus olhos, embora nunca mais tenha encontrado os seus. Vive seu momento de glória, celebrando a vitória nas lutas enquanto aguarda sua ilustre pretendente terminar o ritual e ter seus cabelos cortados pra encerrar seu confinamento e se tornar, enfim, disponível. Quando foi mesmo que eu e Kassuri trocamos de lugar? As jovens se alinham no pátio, Padjá empunha sua tesoura. As madeixas negras vão caindo sobre a poeira e são logo recolhidas, mas, quando chega a vez de Kassuri, o brilho da lâmina me fere e desvio os olhos, evitando o metal. Yakaru se levanta, dá as costas ao pátio e sai pisando forte, inconformado.

Na minha barriga

De manhã a casa é invadida por dezenas de mulheres. Elas remexem as coisas de Kassuri. Uma prova um colar de miçangas amarelo, outra escolhe uma panela nova de alumínio. Sua vizinha ensaia o vestido vermelho que acabei de lhe dar. Gosta, fica com ele. Elas olham cada coisa, se apropriam de tudo que lhes agrada. Levanto, confusa, e me aproximo de Padjá, que prepara beijus pra oferecer às invasoras, enquanto uma enorme panela ferve raízes malcheirosas no fogo central da casa.

— Depois a menina vai tomar pra vomitar — me explica, sem que eu precise perguntar. A imagem me embrulha o estômago e mudo logo de assunto:

— E Kassuri, onde está?

Ela espicha o beiço, daquele seu jeito de apontar que tanto me agrada, em direção ao quarto de reclusão.

— Por que estão mexendo nas coisas dela?
— Só um filho é insubstituível, as coisas não.

É isso que as visitantes vêm lembrar. Despojam Kassuri de seus bens materiais, enquanto enaltecem a dádiva que é a existência da filha. Nesse momento, Kassuri afasta a esteira que guarda a menina e a ajuda a se erguer da rede. É o início de sua reclusão; deve estar há dois ou três dias sem comer ou beber nada e praticamente sem se mexer, precisa de apoio para ficar de pé. Foi primorosamente enfeitada pela mãe, veste seu cinto de buriti e o colar branco de caramujos. As mulheres na casa olham pra ela com aprovação. Também vieram se despedir: é a última vez que a verão menina, quando ela voltar a deixar seu quarto já será outra, já será mulher.

Apartada da confusão, Diamurum, a primeira esposa de Kamaka e mãe de seus primogênitos, balança em sua rede, quieta. É ela quem observa o luto mais severo, mas também é quem mais tem obrigações na festa. Embora o chefe tenha falecido há muitos meses, a aproximação do Kuarup assopra as brasas da saudade, o último adeus está perto. Quando a morte se abate sobre uma família, as crianças não brincam no pátio, ninguém fala alto nem ri durante alguns dias. Passado esse período, a família promove uma pescaria e distribuição coletiva de peixes com o propósito de retribuir à comunidade o respeito demonstrado, mas, camuflado de obrigação social, trata-se de um chamado à vida: é preciso construir jiraus pra moquear os peixes, limpá-los, ter mandioca, fazer farinha, erguer-se, enfim. A dor da perda de um ente querido chega num golpe seco, mas afastar-se dela, os indígenas bem sabem, só pode ser feito aos poucos. Os ritos fúnebres marcam essas etapas, atribuem tarefas aos enlutados que os obrigam a reagir, aliviam o sofrimento e lhes permitem reencontrar a trilha de suas vidas.

Enquanto lembro nossos mortos, Hayumi, ao lado do jirau, alerta Celular:

— Não é pra você ficar andando de noite por aí! Não ouviu que tem uma onça rondando a aldeia?

É uma menina cheia de imaginação, está sempre inventando algo. As mulheres das outras casas vão saindo com os bens que escolheram e Kassuri ajuda a filha mais velha a se deitar. Em jejum, ela hoje vai tomar a panela inteira de chá de raízes feito por sua avó e só amanhã vai voltar a se alimentar, mas com muitas restrições. Yumí, é como se chama, é uma moça forte, não é delgada como sua mãe na sua idade, tem o rosto e os ombros largos do pai. Me aproximo de Kassuri.

— Sua filha ficou menstruada quase no Kuarup, como você, vai ter que enfrentar um ano inteiro de reclusão.

— Como eu não. Não saí no primeiro Kuarup, quando Ana esteve aqui. Fiquei guardada dois anos.

— Dois anos?!

Então o que eu tinha pensado ver, quinze anos antes, quando não cortaram os cabelos de Kassuri e Yakaru deixou o pátio indignado não tinha sido fruto da minha fantasia, ciúmes em delírio febril.

— Mas por quê?!

Ela se cala. Depois escolhe uma resposta:

— Meu pai dizia que eu estava muito verde e minha mãe, que eu ainda estava muito magrinha, que não conseguiu me "engordar" em um ano.

— Dois anos de reclusão... Como você aguentou?

Ela me olha, grave.

— Controlar ansiedade é coisa que se aprende, mas ninguém ensinou a vocês.

Volto a ver em seus olhos a chama de orgulho que vira no dia da tempestade de raios, quando a noiva de Kolene encomendou um feitiço de vento e Kassuri foi temporariamente levada pra nossa casa. Na época éramos duas meninas, de dois mundos distintos, com um rapaz entre nós. Será que ela sabe o que se passou entre mim e Yakaru? Agora é tarde pra pedidos de desculpa ou explicações. Em algum lugar, ainda somos as mesmas, mas já não há ninguém entre nós.

— Mas talvez não seja muito tarde pra ensinar você — diz Padjá, como se ainda lesse os meus pensamentos. — Quando a mulher tem o primeiro filho também entra em resguardo.

— Ah, agora está difícil, vai demorar pra eu ter neném... — digo sem saber se um dia o farei e pensando no namorado que larguei do outro lado do oceano.

— Não muito, alguns meses só.

Olho pra ela. Seria possível? Padjá e Kassuri riem do meu desconcerto.

— Você está fazendo uma menina.

Fazendo outra mulher dentro de mim? Não creio, mas a certeza no sorriso de Padjá não deixa margem pra dúvidas, os movimentos engendrados em meu corpo continuam sendo menos misteriosos pra essa mulher do que pra mim. Desabo no banco. Kassuri se senta ao meu lado e pega minha mão com doçura. Aquela mesma mão de dedos longos que eu tocava pelo buraco da palha e que me embaralhava os sentidos.

— Sabe como a gente fala "eu te amo" aqui?

Faço que não com a cabeça. Isso não aprendi.

— "Eu carrego você dentro da minha barriga."

Feitiço de sonho

A fumaça do cigarro do pajé envolve tudo. Minha cabeça gira. Aqui, deitada em minha rede debaixo da terra, posso sentir a presença de Padjá, de meu pai, de Kamaka e de Maru, como membros meus, um corpo de muitos braços. Meu tronco dói, o peito, a barriga, as mãos. Me arrependo de desconfiar de Padjá quando me disse ter sido flechada pelo beija--flor, nem poderia sonhar o quanto eu estaria mudada em apenas dois meses, o quanto o mundo todo mudaria. Meu pai aplica compressas frias sobre minha testa, na tentativa de fazer baixar a febre que os antitérmicos não aplacam. Também me ministra quinino regularmente, agora está convencido de que eu tenho malária, provavelmente uma falsípora resistente — essa doença com nome de cobra — embora seja um mal antigo que há muito já escasseou por aqui. Tenta desesperadamente fazer com que eu melhore, pra que eu tenha condições de aguentar a viagem e possa me tirar daqui. É doença que mata, se aloja no fígado e acaba com a gente. Padjá se cansa do vaivém nervoso de meu pai e anuncia que vai buscar o pajé; meu pai ensaia um protesto que ela não aceita. Todos estão tensos, parece que ultimamente falo dormindo e até ando sonâmbula, me levanto de madrugada e vejo mais do que deveria, o que não é nada bom.

Tamoti, o velho pajé, entra na casa calado e logo mergulha em suas visões, fuma e gira o seu maracá por longos minutos, embaralhando os mundos para poder desembaralhá-los. Kamaka entra e sai da pequena casa, nervoso; posso adivinhar seus movimentos quando o corpanzil do chefe tapa e destapa a entrada de luz à porta de minha cova. Já não tenho medo e nem sinto dor: só o chamado do chão. Alterno momentos de sombra e lampejos de clareza, mas a sombra me apetece mais, tão fresca e convidativa, faço meu leito no fundo. O velho pajé sopra a fumaça por um tempo sem fim e depois silêncio. Kamaka sai de vez, Padjá permanece ao meu lado. Meu pai transpira.

O pajé enfim levanta o olhar, viu quem me fez refém. Começo a sentir uma sucção sobre a pele e meus olhos se turvam. Tamoti chama, geme, aspira e expira em combate com o invisível. Estremeço com violência como se me puxassem de volta pra dentro de mim. Quando a nuvem de fumaça termina de se dispersar, posso ver a trama de varas e palha do teto da casa, como a primeira visão que tive ao despertar no dia em que cheguei aqui. Materializada na mão do pajé está a "flecha" extraída do meu corpo: um osso. Foi uma flecha-osso, de espírito-personagem, que me penetrou a alma. O que me atingiu foi uma história.

Cobra de fogo

— Anakinalo! — chama um menino na porta da casa de Kassuri.

Acordo sobressaltada de um cochilo fora de hora — será mesmo que uma menina dentro de mim me põe pra dormir agora, a qualquer hora do dia e da noite? Ainda sou Anakinalo, as crianças logo aprendem e perpetuam o apelido.

— Muneri está chamando você — diz o pequeno mensageiro, exibindo seu português.

Fico em pé, o corpo ainda pesado, só querendo o embalo do sono — o que Muneri quer comigo? Chamado de chefe não se ignora. Caminho até sua nova casa, a casa de sua mulher e do seu sogro. Na porta, desvio de uma pequena aglomeração. Ele vem me receber.

— Ana, é seu pai...
— Ele voltou?

Mas pelo tom de sua voz sinto que algo está errado, muito errado. Muneri se afasta da entrada pra me dar passagem. Sua mulher abre a paliçada no fundo da casa, revelando um corpo. Minha boca está cheia de pedras. Meu pai está pendurado pelos punhos, amarrado nas vigas da casa, a cabeça pende sobre os ombros, o tronco e os braços em carne viva. Tento engolir as pedras, mas elas são cheias de pontas, cristais rochosos. Ele tem os olhos fechados, a mulher lhe aplica compressas fétidas de plantas maceradas. Me pede pra alcançar uma cuia de água limpa, que trago enquanto a observo trabalhar, cobrindo cada centímetro de suas queimaduras. É só quando ele geme que eu respiro: está inconsciente, mas vivo. De tempos em tempos, emite sons guturais que me paralisam, sons de bicho.

Depois de algumas horas, os emplastros aderiram a seu corpo como uma segunda pele, vegetal. Muneri lhe dá algo pra beber e sua respiração se torna mais constante e limpa. Parece que dorme. Não sei como é possível dormir assim, suspenso, mas de outra forma suas feridas se colariam umas nas outras, e seria necessário arrancar mais carne pra descolá-las. O odor das folhas fermentando me embrulha o estômago e preciso sair correndo pra não vomitar ali mesmo, no quarto do moribundo.

Deixo minhas pernas me levarem onde querem, o latido dos cães me acompanha. Estão inquietos hoje, não sei se por conta do excesso de visitantes na aldeia ou apenas pela aproximação do cair da tarde, essa hora tão incômoda. Vou até a beira do rio — sinto que só as suas águas podem me trazer alívio, mas ao ver o leito me acocoro e choro. Impossível reconhecer nesse fio de lama o igarapé em que nos banhávamos, em que espantávamos a preguiça do corpo quando o sol vinha nascendo por detrás daquelas árvores, em que os meninos vinham pescar, andar de canoa, praticar vivíssimos saltos mortais, bater timbó pra recolher piabinhas de prata com suas flechas de taquara, em que as mulheres evocavam o espírito-menino todo enfeitado de caramujos, protetor do rio, e as meninas recolhiam água fresca para suas casas no calor do meio-dia.

— Uemã entsagüe?
— Nhalã.
— Você chegou?
— Estou chegando — respondo como manda o protocolo, me esforçando para reconhecer o jovem que me aborda.

Ele me fita com seus olhos de jaguatirica, mas é um felino bem alimentado, de olhar sereno.

— Se lembra de quando ficamos presos no rio por conta da tempestade? — sorri.

É Maru! Este homem é o meu pequeno amigo. Olho bem nos olhos dele, tenho os meus gordos de lágrimas, mas disfarço e respondo, como quem apaga o tempo:

— Sim, e da nossa pescaria, você se lembra?

— Lembro, Ana caiu na água e bebeu timbó! Mas não morreu do veneno, seu futuro não é peixe, não, deve ser passarinho.

Maru... Vou alisando com o olhar as pregas do tempo.

— Casou? — calculo seus vinte e poucos anos.

— Casei. Ano passado.

— O pessoal tá casando tarde por aqui, hein?

— É, um pouco mais.

— Tem filho?

— Tenho, sim. Totoke é o nome dele. E Ana, casou? Não trouxe os filhos pra gente ver?

— Casei nada.

— Não teve criança? — arregala os olhos. Uma mulher de trinta anos que nunca deu à luz é quase um extraterrestre por essas bandas.

— Quem sabe eu ainda traga uma curuminzinha aqui pra você conhecer...

Ele afia os olhos, perscruta meu corpo, mas não diz nada.

— E sua mulher, como se chama?

— Kayarí.

— Ei, eu lembro dela, é filha do Maluá!

— Sim.

— Mas ela é um bebê!

— Não mais — diz ele, divertido.

Pronto, já me sinto a própria tia solteirona no alto dos meus trinta anos.

— Eu estava estudando — ele diz.
— Foi pra cidade?
— Fui.
— Canarana?
— Brasília.
— Morei antes seis meses com seu pai, em São Paulo, depois consegui essa vaga em Brasília e pedi transferência. Ele não te contou?
— Não — e os anos de distância entre mim e meu pai de repente me pesam como uma mala cheia demais. Sinto uma nova onda de lágrimas se formando dentro de mim, mas respiro fundo e a mando de volta pra dentro: transbordar os sentimentos é coisa muito deselegante por aqui.
— Mas então nós somos irmãos — brinco.
Ele ri.
— E não quis fazer faculdade?
— Eu não sei ainda... Eu queria estudar Direito, talvez eu volte. E leve Kayarí e o moleque comigo. Mas ela tá esperando outra criança e o meu pai tá velho, tem tanta coisa que eu ainda não aprendi... — ele olha pro rio, uma sombra cruza seu rosto, de dentro pra fora. Maru é o mais novo de sete irmãos. Seu pai já não era jovem quando ele nasceu. Soube que uma vez, quando criança, ele se perdeu na floresta, passou sete dias sozinho na mata e reapareceu. Mas seus pais não deixaram de procurá-lo, sua mãe pelos caminhos físicos, seu pai pelos astrais.
— Você lembra quando meu pai te curou?
— Mais ou menos. Lembro de ser arranhada.
A pajelança que me tirou daqui está toda turva de fumaça na minha cabeça, mas, apesar da tontura, tenho bem vivas as imagens dos dentes afiados de peixe-cachorro me abrindo a superfície da pele, o sangue aflorando em gotículas, se juntando em sulcos, formando caminhos nos braços como trincheiras de sangue na terra em singular lavoura. Foi Ta-

moti quem me assoprou, me deu as ervas pra vomitar e disse ao chefe que me arranhasse. Kamaka bem que tinha anunciado que meu dia chegaria.

— Arranhada? Mas Ana nunca foi arranhada...
— Não?!

Maru me olha como se eu fosse uma criança com imaginação fértil demais. E começa, enfim, o assunto que pesa entre nós:

— Foi lá pra área do Hikugue que aconteceu, de cara nós não vimos o fogo.

Nunca, na etiqueta indígena, se ataca um assunto espinhoso de cara, sob o risco de se espetar ou machucar alguém.

— Hikugue é o último sítio que seu pai encontrou com Kamaka, você sabe?

Faço que não com a cabeça, de novo com pena de ter andado tão distante das andanças de meu pai.

— É um sítio grande com várias aldeias antigas ligadas, o maior que ele viu até hoje. Eles conseguiram encontrar puxando pelas histórias dos mais velhos, mas ainda não tinham começado a cavar pra valer. Kamaka ia assinar junto a pesquisa, pôr seu nome nos papéis, estava satisfeito.

Sorrio ao pensar na fé e paciência que o chefe depositou nas escavações de meu pai; me emociona pensar nos dois trabalhando juntos, na arqueologia, enfim, escutando os mitos.

— Seu pai estava animado, mas decidiu respeitar o luto do chefe antes de voltar lá. Ficou muito abatido, sabe?

— Imagino. E meu tio morreu de quê?

— Na cidade os médicos disseram que foi enfarte, mas você sabe, aqui, pessoa importante como ele, não tem direito à morte natural.

Feitiço. A eterna sombra do Alto Xingu que ronda os chefes e seus descendentes. Enfarte. Então seu grande coração não aguentou mais e rebentou. Como o de minha mãe.

— Pro chefe também era difícil ir até lá. Tem uma parte

de mata fechada que o carro não chega. Estava gordo, gostava muito de comer bolacha.

Com as estradas, as crianças passaram a trocar o hidromel por Ki-Suco, muito mais fácil de conseguir no supermercado de Canarana do que entrar na mata fechada atrás de colmeias encarapitadas no alto das árvores. E, com menos peixes nos rios, chega mais arroz, milho transgênico, macarrão, bala, biscoito, pirulito. Açúcar: feitiço de branco. Hoje, diabetes, pressão alta e ataque do coração matam por aqui muito mais do que malária, feitiçaria, picada de cobra e mordida de jacaré juntos.

— A gente estava apagando o incêndio lá pra cima, na fronteira do Parque, mas seu pai viu a fumaça pro lado de Hikugue e... Você sabe como ele é.

— Sei.

— Ficou louco. A gente não tinha mais condições pra continuar, faltava abafador, combustível pro soprador... Fomos apagando o fogo assim, com enxada, só de bota. Não tinha pinga-fogo, não tinha manta. Tem equipamento que o seu pai mesmo comprou, outros vieram pela associação, mas faltava muita coisa. Não deu mais pra esperar os bombeiros, eles prometiam sempre que vinham, mas não apareciam, todo dia a gente chamava no rádio. Tinha muito fogo espalhado, o céu tava todo preto de fumaça, o dia já ia virando noite.

Olho pro rio. A água, que tanto ocupava os pensamentos de Kamaka quinze anos atrás, escasseou muitíssimo mais. E essa hidrelétrica maldita, feita à revelia dos indígenas, dos pescadores, dos ribeirinhos, que bebe o rio Xingu com uma sede insaciável enquanto devora seus peixes.

— Os meninos queriam voltar pra aldeia, tavam agoniados por causa do Kuarup, nem tinham se preparado pras lutas, não tinham arranhado ainda. Seu pai falou pra eles voltarem, mas eu sabia que ele ia continuar, eu sabia o quanto Hikugue era importante pra ele, então a gente foi.

Imagino a cena com perfeição. O que eu disse? Cabeça-dura.

— Chegando lá só tinha fumaça, fogo mesmo a gente não via. Mas a fumaça saía de dentro do chão! Seu pai ficou olhando aquilo. Aí gritou: "É a Terra Preta que está pegando fogo! O carbono! O oxigênio!". A gente cavou uma trincheira, um buraco grande assim, que é o jeito de obrigar o fogo a parar, mas no último golpe uma cobra de fogo saiu de dentro da terra e puxou ele pra dentro. É fogo subterrâneo, muito quente, faz caminho debaixo da terra, queima as raízes, queima tudo, é bicho bravo mesmo.

Ficamos os dois, lado a lado mais uma vez, ouvindo os sons da floresta. A lamúria da água, o cafuné do vento nas folhas. Meia vida se passou sem que eu sentisse. Um rugido de felino rasga a superfície da tarde. Arregalo os olhos e me viro, mas Maru não se move.

— Sabe, quando eu me perdi na floresta foi uma onça que me encontrou. Ela não estava com fome, me olhou e foi beber. Foi ela quem me ensinou o lugar do rio. Eu voltei pelo caminho da água.

Maru viu a morte e voltou. Se tem alguém pra continuar o caminho espiritual de seu pai, é ele. Ou então será advogado... Advogado-pajé, será que existe? Vai advogar junto aos espíritos em benefício dos humanos? Ou em defesa dos bichos?

— Maru, você sabe por que eu caí dentro d'água daquela vez, quando fomos pescar?

— Sim, você viu as toras dos antigos Kuarups jogadas no fundo do rio.

— Não, eu vi os mortos, eu vi os corpos, os troncos dos nossos mortos apodrecendo dentro d'água.

Ele não me encara, isso nem é assunto. Uma brisa gelada nos visita. O dia está quase encerrado.

— Vamos andando?

Caminho ao seu lado em direção à aldeia, Maru sempre foi meu guia. De repente, me ocorre:
— Foi você, não foi?
— O quê?
— Quem mandou meu diário!
Ele balança a cabeça:
— Se não quer ser encontrada, melhor tirar o seu endereço da internet.

Pororoca

A cerimônia está quase no fim. Os enlutados tomaram o banho pra lavar as lágrimas, as almas dos falecidos foram encaminhadas à aldeia dos mortos, as novas mulheres já deixaram a reclusão para recomeçar a humanidade, os homens já lutaram. Os cantores e cantoras cantam, os dançarinos e dançarinas dançam — a vida retoma o pátio que foi palco pra morte, mas continuo prostrada. Também estou de luto, mas o corpo que choro não mora nesse chão.

Diz-se que, depois do banho ritual no Kuarup, a gente para de ficar lembrando os mortos; lembra só um pouquinho, de vez em quando, em sonhos. Talvez seja esse meu mal: não quero esquecer. Ao contrário, desejo lembrar de tudo: a voz da minha mãe, seu cheiro, o som da sua risada. Não quero esquecer Kamaka, cada uma de suas histórias e nem mesmo Anakinalo. Quero me lembrar até das músicas que ela tocou na Casa dos Homens e que nunca ouvi. Se Kamaka me mandasse tomar o banho do esquecimento agora, talvez me esquivasse. Será que isso é parte das nossas enfermidades da alma, mal de branco? Não saber esquecer o que se deve acaba nos tornando incapazes de lembrar o que importa. Somos uma raça de acumuladores compulsivos, não só de coisas, mas também de sentimentos, lembranças, até à intoxicação. Não jogamos nada no fogo, não queimamos as imagens e os pertences dos que se foram, não respeitamos nenhum preceito que nos tire algo: queremos os dedos e os anéis.

Maru me diz que estou de banzo. Gosto dessa palavra. É a onda que se levanta após a passagem da pororoca e que quebra na praia com violência; um tumulto grande; um vento forte — serve pra definir o estado de alguém que bebeu demais, ou que anda pensando muito. Também diz-se "banzeiro" de um jogo em que a sorte e o azar se sucedem alternadamente, sem diferença para os jogadores. Na palma da mão guardo um osso, objeto de feitiço que me foi dirigido. Amanhã vamos embora.

Enterro do osso

Saio ao abrigo da noite. Um céu inacreditável se apresenta. Só no escuro, no verdadeiro escuro, é possível se banhar na luz das estrelas. Fico alguns segundos assim, suspensa no espaço, bem no centro do mundo; tudo está quieto, como na calmaria que antecede o furacão. Entro na casa de Muneri. Ele atiça o fogo e sua mulher dorme, enfim, exausta dos cuidados intensos com meu pai, seus filhos, a casa, os visitantes e todos os preparativos do grande Kuarup de seu sogro. É uma mulher miúda e ainda jovem, apesar do rosto gretado de sol, as linhas de preocupação sulcadas na fronte. Ela agora é mulher do chefe de uma aldeia importante, mas é discreta e calma, como Muneri. Olho para os anfitriões do meu pai, sem saber como agradecê-los. Muneri também encorpou, como Yakaru, mas de um jeito diferente, sua postura é a de um monge.

— Meu tio está descansando — diz do homem que geme amarrado nas vigas de sua casa coberto de emplastros. — Senta.

Eu, que ainda tenho algum juízo, obedeço. Muneri vai, afinal, ao lado da irmã, trilhando seu caminho de liderança. Nunca lutará como Takã, que é uma guerreira e tem os atributos da onça, mas se faz respeitar por sua firmeza e grande generosidade, tão fundamentais em um chefe quanto a força.

— Está dormindo na casa da minha mãe? — pergunta, apesar de já saber a resposta.

— Sim, o galpão dos hóspedes já estava cheio, e eu não sabia que a nova moda era trazer barraca de camping.

Ele ri.

— Tem muitos visitantes esse ano. Yakaru me disse que ia levar você pra casa, fico contente, mas seu pai é meu hóspede, assim como era do meu pai.

Concordo. É assim que ele resume a questão — meu pai tem sido mais deles do que meu desde há muito, não há o que agradecer.

— Hoje cedo fui no posto.

Agora se vai ao posto da Funai num pé e se volta no outro, em pouco mais de uma hora pela estrada de terra.

— E como foi?

— Não temos peixe suficiente pro Kuarup. Fomos pescar em três lagoas, mas não tinha bastante. Fui negociar um recurso pra compra de congelados. A coisa não está boa, Ana — diz Muneri, muito calmo. — Meu pai contava que, antigamente, quando queimavam a roça, o mato era úmido, não pegava fogo fácil. Hoje você brinca na hora de tocar fogo, está muito seco. Os seres da natureza estão desaparecendo. Antes você escutava os donos do mato, meu bisavô sempre escutava kai'a ití, dona do mato, hoje você quase não ouve mais ela gritando na floresta.

Os desafios na reserva só crescem. De pouco vale a preservação dentro do Parque se as cabeceiras de rios importantes se encontram fora de seus limites, se as emissões de carbono das criações de gado estouram a cada dia um pouco mais a camada de ozônio e o solo em volta, arrasado pela soja, já elevou em quase quatro graus a temperatura ambiente.

— Agora é esperar o Kuarup passar pra montar nossa brigada anti-incêndio. Vamos precisar de equipamentos, capacete, não dá pra enfrentar o fogo assim — e faz um gesto na direção em que meu pai convalesce.

Sem ter o que dizer, assinto com a cabeça. Será que seremos capazes de destruir tudo?

— Vamos aproveitar o Kuarup pra conversar com as outras aldeias também, vamos ter que trabalhar juntos. Mas amanhã é a festa, então vamos dormir, que o dia vai ser comprido.

Me cubro com o manto da noite e me retiro. Já é hora de cumprir minha missão. Caminho até o descampado, onde será erguida a Casa das Mulheres: é aqui que enterrarei o osso de Anakinalo. Quem sabe o que nascerá dele? Dos testículos do jacaré não nasceu o pequi? Uma nova história há de surgir aqui. Me dou conta de que esqueci de trazer algo pra cavar, então uso as mãos. O solo está duro, pisado, já preparado pra seu devir de casa. Machuco os dedos na rudeza do chão, mas continuo cavando; quebro a unha do indicador, uma gota de sangue batiza a terra.

O resultado de meu esforço, contudo, é um buraco estreito e raso; parece mais uma valeta pra espetar rama de mandioca do que uma cova, mas acredito que bastará: é uma cova que já rima com lavoura. Só espero que Celular, o cão de Hayumi, não venha revolver o precioso vestígio arqueológico extraído de meu corpo. Tiro cuidadosamente do bolso a caixinha de madrepérola em que guardei o osso por todos esses anos e a deito dentro do buraco. No último instante, porém, decido fazer o enterro à moda xinguana, sem urnas ou caixões: diretamente no solo — quem sabe assim este osso não floresce mais depressa? Abro a caixa, mas, para minha surpresa, não há osso algum.

Os cães uivam na aldeia deserta. Me levanto, limpo as mãos na roupa e ergo os olhos do chão. Alguém se aproxima no escuro. Apuro os ouvidos, os passos são leves, andar de mulher. O melhor é evitar ser testemunha de quem transita pelos caminhos noturnos. Tento ficar invisível, como desejava ser capaz de fazer quando menina, e espero que ela passe por mim, mas os passos se interrompem. Ficamos imóveis e em silêncio, duas sombras na noite. Mesmo sem me virar, eu sei: é Kassuri. Ela ensaia:

— Ana, quando você esteve aqui, eu não pude sair por que... Sua doença... O feitiço que pegou você, eu...

Faço um gesto para interrompê-la. Nada de bom pode vir dessa conversa. Sobre nós, as estrelas permanecem vigilantes. Eu lhe estendo a mão. Na minha palma ela pousa minha velha correntinha com a letra "A" gravada num grão de arroz.

Leito do rio

Partimos. Parto. Partida. Vamos de barco, pelo leito do rio. Leito porque se dorme dentro, porque se lê as margens pra distrair o tempo? Leito porque o barco, chacoalhando, nina? Leito porque as águas murmuram, chamando o sono? Porque a canoa, solta assim em seu curso, lembra a rede no espaço? Leito porque água-lençol e bagagem-travesseiro. Porque o sol, fortíssimo, anestesia a pele, porque a mão, abrindo a água — no sentido do rio, para não contrariar os espíritos — aconchega. Porque todos ficam moles, as vozes escapam, se perdem no vento, vão cair na popa e o motor tritura. E leitoso fica tudo, tanto tempo de molho com mantra de motor. A paisagem vira um borrão verde e, em delírio de sol, adormeço, imensa, sendo também água, também barco, também céu, deitada inteira num leito de rio.

Dona Onça

Antes de comparecer ao pátio para o início da cerimônia, passo pra ver meu pai. Está mais magro, os cabelos mais brancos, mas seu rosto está mais brando. A luta por aqui só se acirra, mas sinto que algo nele, com o tempo, se suaviza. E aqui, o tempo é maior, não se mede em horas, dias ou semanas; a vida é uma dança eterna de Guetí, o Sol, com seu irmão Mune, o Lua; a morte, uma comprida saga pela Via Láctea, o caminho do céu. Ele abre os olhos e me assopra com voz de fumaça:

— Ana, que bom que você veio — se agita. — O sítio, o fogo... Queimou um livro que ainda não lemos...

Tento acalmá-lo.

— A constelação da ema já surgiu no céu?

— O dia está ainda começando, pai.

— Ah. Quando ela levantar, atenção, veja se a forquilha do Cruzeiro do Sul que segura sua cabeça está no lugar, do contrário a ema vai acabar bebendo toda a água que ainda tem na Terra. Essa ema é gulosa...

Maru me disse que meu pai anda apreendendo sobre astronomia indígena com o seu. Que desde que Kamaka morreu, olha mais pro céu que para o chão e Tamoti lhe guia pelas constelações do veado, da ema, do homem velho. Talvez as duas coisas não sejam tão diferentes assim: os brilhos das estrelas, como os vestígios arqueológicos na Terra, também

são viajantes que iniciaram suas jornadas pelo tempo e pelo espaço há muitos e muitos anos.
— A família do chefe vai tomar o banho pra tirar o luto, vão se lavar nas águas do esquecimento. Muneri disse que você deveria tomar também, mas no seu estado...
— Não se preocupe, filha, é melhor assim. Vá, vá cuidar da sua mãe.
Não entendo o que ele quer dizer e me pergunto que tipo de ervas andam lhe dando pra tomar, mas concordo e deixo ele descansar. Lá fora, no pátio, Muneri, Yakaru e outros homens observam o tempo, enquanto o velho Tamoti aguarda sinais invisíveis pra dar seguimento ao ritual. Os troncos do Kuarup já tomaram mingau de pimenta e foram fincados no chão. Uns brancos se aproximam e ensaiam tirar fotografias dos kuarups. Yakaru os aterroriza:
— Esses troncos são perigosos, não pode olhar muito. Se olhar e ver gente neles, passando três dias, a pessoa morre. Teve um que ouviu o tronco respirar, chorou aos pés dele, mas não adiantou, dois dias depois estava morto. É por isso que o pajé sopra fumaça do cigarro no tronco, pra acalmar o espírito dele.
Uma parte do grupo se afasta, outra, obstinada, ainda pergunta: "A que horas saem as reclusas? A que horas vão tocar as flautas? Quando serão as lutas do huka-huka?". Os meus amigos dão respostas aleatórias, que muito me divertem: "Uma hora, cinco horas, amanhã". Eles sabem que só números satisfazem os kaigahas — que, tendo as respostas desejadas, se afastam contentes, traçando planos que já nascem fadados ao fracasso — "Então dá tempo da gente tomar um banho e descansar meia hora". Quando voltarem, as flautas já terão tocado ou os mesmos homens continuarão sentados no pátio vazio, ainda esperando sinais invisíveis.
Me deixo ficar. Estar aqui me faz voltar no tempo e aviva as saudades. Olho pro tronco principal, plantado no cen-

tro em homenagem ao grande chefe e lembro que usei, no passado, a efígie erguida pro seu filho pra chorar minha própria perda. Também sinto a falta de Kamaka, aquele homem enorme, que portava o temível chapéu de onça e seu colar de garras, mas que sempre começava as histórias assim: "No tempo do meu vovô...". Foi ele quem certa vez me contou que o Sol e o Lua, antes de fazerem o Kuarup pra sua mãe, tentaram ressuscitá-la. Eles foram pra junto da cova e chamaram, chamaram, uma, duas, três vezes. Na terceira vez ela respondeu. Então a tia, segunda esposa do pai deles, foi dizer pro marido: "Vá ver seus filhos, eles estão tentando ressuscitar a mãe". O pai foi até lá e disse: "Não façam isso, meus filhos, ou os nossos netos não terão espaço pra viver. Se cada pessoa que morrer voltar, haverá muita gente no mundo. Todos os filhos vão querer que os pais voltem". Os irmãos pensaram e acabaram concordando, então pararam de chamar a mãe e fecharam de vez a sepultura.

Um rapaz sentado do outro lado tem um bracelete de miçangas que me parece muito familiar na combinação de cores e desenhos. É o estilo escarrado de uma velha amiga que me deu muitos braceletes como aquele, muitos anos atrás. Noto que Yakaru hostiliza discretamente o rapaz e me divirto pensado se Kassuri tem um amante. Não seria impossível. Por aqui todos têm seus namoros mais ou menos secretos. Reparo que o rapaz é bem bonito, mais jovem que nós; tem o corpo atlético e os cabelos negros e lisos, que penteia vaidosamente de lado com a mão. Não esconde sua prenda nem eu a minha simpatia. Yakaru é o único que parece impaciente.

Finalmente a voz poderosa do velho pajé troveja diante da casa dos homens:

— Chamem a família do morto, está na hora.

Olho em volta. Vejo Diamurum, a primeira esposa de Kamaka, que se aproxima com sua filha Takã. Muneri já está aqui e Kassuri também vem chegando, mas nem sinal de Padjá. Estão todos prontos, devidamente pintados e paramentados. Tenho uma ideia de onde encontrá-la. Me levanto e vou até o seu amado pequizal. Lá no fundo, onde termina a plantação e a mata guarda a margem direita do rio, entrevejo uma silhueta.

— Padjá?

Está sentada num tronco, toda pintada também. Diante dela uma onça. Quase me assusto. Tão bonita com suas pintas, suas curvas e bigodes. Está morta.

— Há dias que ela andava por aqui. A soja está apertando os bichos, a mata. Pelo menos essa escapou de virar troféu de branco.

Tinha fugido da fazenda vizinha, ferida com três tiros de espingarda no lombo. Andou o quanto pôde até chegar ali e se deitar pra morrer em paz. Por aqui dizem o contrário da cidade, o que nós temos em comum com os animais é a humanidade; a ferocidade foi a onça que herdou dos humanos.

— Não sei por que matam assim! Onça serve pra ficar no mato, pra comer bicho e pra enfeitar a mata.

Sim, beleza aqui também é propósito. Sorrio ao olhar pra ela e aliso seu braço, ela sabe que vim buscá-la, mas não se apressa. Sua raiva dura pouco, tira um farto colar de miçangas azuis do pescoço e me veste com ele. Com os olhos rasos d'água ela cobre o rio:

— O mundo existe, não afunda, porque tem as coisas nele.

O Kuarup pode começar.

Nota

Esta história é, em grande parte, ambientada no Alto Xingu e inspirada em um amálgama cultural da região, embora não localizada numa aldeia específica. Seus personagens são fictícios e as palavras indígenas são fruto de uma língua inventada.

Agradecimentos

Agradeço a Betty Mindlin e Carola Saavedra, maiores entusiastas deste livro. A Carlos Henrique Siqueira, quem me disse que eu deveria escrever, e a Manuel Pessoa, meu primeiro leitor. A Tatiana Fulas, que plantou a semente. Aos amigos do Xingu: Takumã, Regina, Diauapá, Afukaka, Tabata, Mariká, Tsaná, Camilo, pela acolhida. Aos antropólogos Carlos Fausto, Bruna Franquetto e Carmem Junqueira, pela generosidade. Aos arqueólogos Michael Heckenberger e Eduardo Neves, cujas descobertas são o substrato deste livro. Ao ISA e André Villas-Bôas, pela carona e companhia de viagem. A Ailton Krenak, por ser quem é e andar perto. A todos os ensinamentos que recebi sobre a terra, o fogo e as estrelas durante a feitura deste livro. A Alberto Martins, da Editora 34, que o abraçou. A Virginia e Vincent. A Liv, Cibele Forjaz, Carla Kinzo. A Benjamin e Ada.

Sobre a autora

Escritora, atriz, diretora de cinema e de teatro e ilustradora, Rita Carelli nasceu em São Paulo em 1984. Estudou letras na Universidade Federal de Pernambuco e teatro na Escola Internacional de Teatro Jacques Lecoq, em Paris. É colaboradora da ONG Vídeo nas Aldeias, com a qual realizou a coleção de livros-filmes para crianças *Um dia na aldeia* (Editora SESI, 2018). Foi responsável pela pesquisa e a organização de *A vida não é útil* (Companhia das Letras, 2020), a partir de falas e entrevistas de Ailton Krenak. Seus livros *A história de Akykysiã, o dono da caça* (Editora SESI, 2018) e *Minha família Enauenê* (FTD, 2018) foram contemplados com o selo internacional "White Ravens", da Biblioteca de Munique, e o de "Altamente Recomendável" da Fundação Nacional do Livro Infantil e Juvenil. Este último também foi semifinalista do Prêmio Jabuti e eleito o melhor livro na categoria literatura infantil pela AEILIJ (Associação de Escritores e Ilustradores de Literatura Infantil e Juvenil) em 2019. *Terrapreta* (Editora 34, 2021) é seu primeiro romance, livro que recebeu o Prêmio FNLIJ Orígenes Lessa e o Prêmio São Paulo de Literatura em 2022.

Este livro foi composto em Sabon, pela Franciosi & Malta, com CTP e impressão da Edições Loyola em papel Pólen Natural 80 g/m² da Cia. Suzano de Papel e Celulose para a Editora 34, em agosto de 2023.